虹の翼のミライ

旺季志ずか

角川文庫
21842

目次

【登場人物紹介】

2035年

ミライ（17）……2032年の災害以降、祖母と共に貧しい「海の民」を導く若きリーダー。原因不明の右上腕部の痛みに悩まされている。出生の秘密を抱える〝虹の戦士〟。

ヤマト（18）……「山の民」。富裕層の病院長の息子。常人が見えない〝虹の翼〟を見ることができる。ミライと一緒に〝虹の戦士〟を探す時空を超えた旅に出る。

寒川博士（52）……虹の戦士を助けるため、山中に隠れ住む天才物理学者。

さくら（80）……ミライの祖母で、海の民を束ねるリーダー。不思議な力を持ち、その透視力で、災害から海の民を守った。

グンジ（35）……海の民の漁師。

ケン・トンプソン（65）……日系三世。世界の権力や富を牛耳るトンプソン一族の当主。山の民の代表でもある。

＊　＊　＊

トワ（34）……2017年にタイムトラベルしてきたヤマトに恋をし、2035年に逢いにくる。

2017年

寒川博士（34）……若き日の博士。

ケント（9）……〝虹の翼〟を持つ少年。シングルマザーの母とふたり暮らし。

トワ（16）……アイドル。〝虹の翼〟を持っているが、二度と飛ばない誓いをたてて命を守っている。

安藤久留美（28）……芸能事務所社長秘書。

イワシロ（45）……芸能事務所社長。

マイケル・ファースト（58）……米国人科学者。ノーベル平和賞を受賞した平和主義者。

ケントの母

＊　＊　＊

ヒラマツソラ（22）……ミライの実母。

238年

ナシミ（39）……古代のクニの権力者。

卑弥呼……古代のクニの女王。

2024年

ヤマト（7）

拓（3）……ヤマトの弟。

WHO AM I ?

虹の翼「世界の終わり～2035～」

かつて海は青かった。

海水はガラスのように透き通り、泳ぐ魚の群れや、海底で岩にしっかりと吸いつく色鮮やかなヒトデまで、海上から見えたというから驚きだ。

鯛《たい》やヒラメという「浦島太郎」の伝説で有名な魚でさえ、今では図鑑の中でしか見ることができない。

年老いた者たちが、今にも涎《よだれ》がたれそうな顔で、「口に入れると、ねっとりと舌にからむ甘さがあった」などと、それらの刺身がどれだけうまかったかをまくしたてるのを聞くたび、ミライは無表情な顔で聞き流しながらも内心苛立った。

なくなってしまったもの、この手から零《こぼ》れ落ちたもののことを考えだしたらきりがない。どんどん気持ちが重くなるだけなのに。年老いた者ほど、まるで綿菓子をなめる童子のようにうっとりと昔を語る。
「天気がいい日は、夕陽が海の上にロードをつくって、それはそれは、綺麗《きれい》なレッドカーペットのようだったのよ」
決して愚痴や泣き言を言わない祖母のさくらでさえ、憧れの色を目に浮かべて昔の海を懐かしんだ。その声に哀しみの音色が潜《ひそ》むのを、ミライは聞き流すことができない。そのたびに心が波立ち、耳をふさぎたくなるのだ。
ミライは知っていた。なぜ、それほどまでに狂おしくなるのかを。
心が、魂が、求めてやまないのだ。あの海を、
天気のよい日には青い空を映し出した――、
夕陽の赤いロードを浮かべた――、
夜には月明りで煌《きら》めいて誘いかけた――、
そのあらゆるシーンで、ミライは自由に、まるでイルカのように跳びはねながら地平線の彼方《かなた》まで泳いだ――。
そんな数々の幼い日の記憶が、心の底に閉じ込め鍵をかけた宝の箱から漂いだし、ミライの心を占領してしまうのだ。
しかし、どれほど全身でそれを欲しがろうとも、もう戻ることはなかった。目の前に広がる青い海は失われたのだ。

永遠に――。

代わりにそこにあるのは、黒々と渦巻く、薄汚れた欲望のような臭いを発する水のフィールド――。

泥水のそこここに、雑多な人工物、雑誌や靴や本棚までもが浮かんでいる。それをもう海とは呼べない。呼びたくもない。世界は変わってしまったのだ。

地球という惑星は、本来一個の巨大な磁石のようなもので、常に磁場が働いており、コンパスは北を指している。その磁場が急速に弱まり、Ｎ極とＳ極が入れ替わって磁極が反転するのが〝ポールシフト〟だ。

今から三年前の２０３２年――。その〝ポールシフト〟が突然地球を、そして人類を襲った。

かつてネアンデルタール人が絶滅したのは、ポールシフトの影響だったという説もある。

それほど大がかりな災害は、幾度も地震や台風を乗り越えてきたこの国の人々にとっても初めてのことだった。

地球の磁場の衰えは、水の汚染が大きな原因だった。近年になって海は急激に汚染され、生物の生態系が壊れたのだろう、近海には魚一匹棲《す》めなくなっていた。海水が蒸発し雲になり雨を降らせる。毒々しい海水が循環した雨水もまた汚染され、山は枯れ、農作物は育たない。

その変化に呼応するように、ミライの身体も右胸から肩、上腕部の皮膚が黒く変色し激しい痛みを覚えるようになった。

汚染の大きな原因が、海に垂れ流される生活用水や工業用水に含まれる化学物質のせいだと気づいたときには遅かった。各国政府がなんら解決する術《すべ》を持たぬまま右往左往する中、トドメのように〝ポールシフト〟が起こったのだ。

突然の磁極の反転、ポールシフトは地軸のズレを引き起こし、太陽との位置に変化が生じた。その結果、北極の氷が溶けだし海水が急激に増え、大陸を呑《の》み込んだ。この小さな海沿いの街、日向町も例外ではなかった。津波のように突然被害に見舞われることはなかったが、ジワリジワリと、地面が泥水に隠れていった。そして数日のうちに、海岸沿いの標高が低い場所は全滅した。海中に沈んだのだ。

目の前で真っ黒な海面が上がってきて、木々や花、車、家や電信柱などあらゆるものを呑み込んでいく。人々は高台から、その様子を暗い眼差しで見つめていた。中にはその瞬間を目撃するのに耐え切れず山奥に駆け込んでいく者もいたが、多くはなす術《すべ》もなく呆然《ぼうぜん》とその場に立ち尽くした。

それまでの日々の営みの痕跡《こんせき》が海に沈んでいく。そこに刻まれていた大切な想い出も、自分の存在の証も失う気がして、ミライも身動きができず凍りついていた。まるで死刑執行人の足音がひたひたと近づいてくる、それを何もできずに待っているような心持ち。何か良い対策をと考えるのだが、頭の中は真っ白だ。

そんな究極の状態では感情もなくなることを、ミライは知った。

泣き叫んで悲しんだり、震えて怯《おび》えたりできるのは、まだ余裕があるのだ。本当に怖いとき、人は防衛本能で感情のセンサーを切ってしまうに違いない。

そしてその恐怖は、時間が経過して忘れた頃に襲ってくる。

当時ミライは十四歳だったが、三年たった今でも、あのときの光景が頭の中にフラッシュバックすると、玉の汗が噴き出し身体が震えて止まらない。そして、切り落としてしまいたいと思うほど右胸から上腕部が痛むのだった。なぜか海の汚染に比例して、変色する肌の範囲も広がっている。このままだと全身に及ぶのではないかとミライは恐れていた。

ポールシフトで街が海に沈むずっと以前から、この国の政治も経済も何もかもがおかしくなっていた。急激に進む貧富の差は、人心を不安や恐怖に陥《おとしい》れ、人と人との絆《きずな》を奪っていった。「人口が増えない社会では、所得よりも過去に蓄積された財産のほうが重要であり、財産の世襲が大きな格差を生み出す」と、２０１０年代にフランスの経済学者、トマ・ピケティが予言したが、まさしくその通りのことが起こっている。

街は、海岸エリアと山手エリアにくっきりと分かれた。

海岸エリアには「海の民」と呼ばれる貧しい者たちが住み、山手エリアには「山の民」と言われる、かつてセレブと呼ばれた富める者たちが暮らしていた。度重なる地震時の津波警報をきっかけに、大手ディベロッパーが山上に豪華なマンションを次々と建て始めると、海を愛し海沿いのマンションで暮らしていた富裕層は、あっという間に移っていった。

そしてふたつのエリアの間には、かつてのベルリンの壁のように高くて強固なコンクリートの壁が聳《そび》えたち、人々は互いに敵視し合っていた。

そんな中で起こった突然の地球規模の災害は、国の統治能力さえコントロール不能にした。国が滅びるかもしれない危機に、国際社会の援助もない。なぜならその危機は、世界中で同時に起こったからだ。どの国も多くの命を失い大混乱し、他国のことを考える余裕はなかった。

政府自体がなくなり、当然警察も消防も機能するはずもない。国民全員が、突然孤島に流された漂流者のように自力で生きていくことを余儀なくされたのだ。生き残った人々は、自給自足を始めることでしか生き延びる術《すべ》がなかった。

そんな過酷な状況の中、海の民が指示を仰いだのが、ミライの祖母さくらだった。

さくらは若い頃から直感が鋭く、皆に何かと相談を持ちかけられる、海の民の長老のような存在だった。

三年前の災害時で既に八十歳近かったが、年を重ねるにつれ皆を束ねるリーダーシップと、世界を見通す力はますます強くなっている。百五十センチに満たない小柄な体躯《たいく》から低音で繰り出される言葉には、天の声のように威厳があった。

ポールシフトの最中、海面がどんどん上昇し、海岸線の家屋を呑み込んでいく中で、海の民は、海岸エリアに唯一ある小高い山に避難していたさくらのもとへ集まった。

家も仕事も失った人々は、明日《あす》への不安でいっぱいになっている。引っ越しをしようにも、安全な山手エリアへ移るには、高級住宅地に住めるだけの多額の資金が必要だ。

「どこにも行くところがないんです……」「野宿するのに疲れました」「もう死んだほうがまし……」

不安と絶望を訴える人たちに、さくらが言い放った。

「大丈夫。海沿いに大きなマンションが数棟ある。あの三階以上は水には浸《つ》からない。そこにみんなで住もう。知恵を出し合い、助け合っていこう」

その予言は的中した。海水の上昇は二階部分までを呑み込んだ後、ぴたりと止まったのだ。

人々はかろうじて残った、かつては富裕層の人たちが暮らしていたマンションの三階以上をシェアして暮らすようになった。

さくらは、災害後、食料が乏しくなっていく中で、食べなくても空気からエネルギーをチャージする方法を伝えていた。彼女はもう何十年も前から特別に煎じた薬草スープ一杯だけで一日を生きていた。災害が起こる前は、変な目で見られることの多かったその方法で人々を救うことになるとは皮肉だった。

長い白髪をひとつに束ね、日に灼《や》けた肌は皺《しわ》だらけ。長らく固形物を摂《と》っていない身体は、茅《かや》のように細いが、とめどなく強力なエネルギーが溢《あふ》れ出し、そばに寄ると熱く感じられる。その姿は、〝日向の海女神《あまがみ》さま〟と人々が噂《うわさ》するほど親しみやすさの中にも気高さがあった。

そんなさくらの手足となったのがミライである。

まだ幼さの残るミライが、さくらの後継者、次のリーダーとして人望を集めているのは、さくらの孫だからという理由だけではない。

幼い頃から、その愛らしい容姿と繰り出される利発な言葉で、「王子」と呼ばれ愛されてきたミライの、あの災害のときに見せた冷静な判断力に人心は惹《ひ》きつけられた。

ほとんどの者たちが自分と自分の家族、その小さな輪だけを考えて行動したとき、ミライとさくらだけは大きな視野で物事を見ていた。

さくらが、海の中に孤島のように残るマンション群の三階以上に皆で住もうと提案したとき、ためらう者も多かった。その人々の背を押したのはミライだった。

ミライは、ヨットとサーフボードが融合してできた、セイルボードに接続した帆《セイル》に風を受けて、海上を滑るウインドサーフィンの名手だ。風が吹く前に、どちらから、どのくらいの強さで風がやってくるのか、一瞬で予測する特別な才があった。その腕前で、ポールシフトによって海水が上がってくる最中《さなか》も自由自在に沿岸を走ることができた。

海の民たちを移住させる安全な場所を探そうと試みたが、戻ってきたミライは皆に告げた。

「ばぁちゃんの言う通り、マンションに住もう」

「でも王子、こんな毒みたいな海の真ん中に住むなんて危険じゃねえのか!?」

「そうだよ！　食べ物もないし、どうやって生きていくんだ！」

ミライは詰め寄る民たちの不安を受け止めるように、ひとりひとりの目を見つめて言った。

「毒々しい陸の孤島だからいいんだ」

「え!?」

ギョッとしたように民たちは一斉にミライを見た。

「他の街も見て回ったが、どこも不穏な空気に満ちてる。暴動になっても、汚れた海を越えてまで暴徒もやって来ないだろう。それにあのマンションは屋上も広い。薬草の菜園をつくれる」

戸惑いに顔を見合わす人々の心をまとめるように、さくらが声をあげた。

「私の育ててきた薬草は、汚れた水にも強い。みんなで育てよう」


ミライとさくらの判断は正しかった。

日本中の街や村が暴徒に襲われ、危険極まりないときでも、海で隔離された彼らのコミュニティは安全だった。

彼らがその場所にうまく住むことができたのは、そこに暮らす多くの者が漁師だったり、小さなボートを持っていたり、海を愛していたからだ。

海面が上昇する緊迫した状況で、ミライはウインドサーフィンを巧みに操って、漁船やボート、そしてカヌーなどを街中から集め、一艘一艘《いっそう》、安全な場所に停泊させていった。

民の大切にしていた小舟が流されかけていたのを追いかけ取り戻したとき、山の上から見ていた彼らは拍手喝采した。

親の目を盗んで宝物のクマのぬいぐるみを取りに帰った五歳のマリアが、上がってくる海水によって屋内に閉じ込められているのを助けたのもミライだ。ミライの腰に縋《すが》りつきウインドサーフィンで海を渡って母親の腕の中に戻ったとき、マリアは泣きべそをかきながら、「マリア、大きくなったら王子のお嫁さんになる！」と大声で宣言して、悲惨な状況で尖《とが》る人々の心をなごませ、微笑を誘った。

まだ若い少年に過ぎないと思われていたミライだからこそ余計に、その肝《きも》のすわった行動は人々に感動を与えた。

身長は高いとは言えない百五十八センチ。黒い瞳に強い意志を感じさせる光を宿してはいるものの、ほっそりとした体軀《たいく》、肉のない肩、細面の優しい顔立ちのミライのどこに、そんな勇気が秘められているのか。

人々はまるで待ち望んだ救世主のように、ミライを慕っていた。

確かに、これほど絶望的な状況の中では、何か心に灯りをともすものひとつでもなければ人々は生きていくことができない。そんな彼らの希望に、ミライはなった。

ミライたちが暮らす海岸エリアと壁を隔てた地域、富める者たちの住む山手エリアを統治しているのは、ケン・トンプソンという老齢の男だった。たっぷりとした白髪は艶《つや》やかに輝き、黒く灼《や》けた肌は金をかけたケアのおかげか年齢を感じさせず、角ばった顎《あご》とぎゅっと結んだ唇には頑固さが表れていた。

ケン・トンプソンはアメリカ合衆国で生まれた日系三世で、世界の政治や経済、教育、司法、あらゆる業界を牛耳るグループ企業を経営、世界の富の80％を支配するといわれるトンプソン一族の末裔《まつえい》であり、太平洋を見下ろす山麓の大邸宅に暮らしている。

冷淡で豪胆なその男は、枯れた山を切り拓いて広大な畑を作り、農業を始めようとしていた。今や、この世界の水は雨水までもが汚染され、作物を育てることは困難だった。そこでトンプソン企業は、汚れた海水を真水に浄化する「ウオーターマシン」を発明し、その水を使って、野菜のクローンを作り、作物の栄養素を取り出したサプリを生成していた。まさに画期的な発明だ。

食料不足の現在、それが「ウオーターマシン」とともに、大きな金脈になるのは確実で、「人が困っているときこそチャンスだ」と豪語してはばからないツワモノは、これを好機に世界をさらに支配できると企んでいた。

その夢の大計画を始めたところで、海の民との間で紛争が起きた。

トンプソンが、汚れた海水を手に入れるために工場をつくろうとした場所が、海の民が大切にしていた港だったからだ。

海の民の代表として、さくらとミライがトンプソンと面会することになった。

「今は漁ができずに使っていませんが、いつかは使えるようになるかもしれない。港は我々海の民の希望の象徴です。その場所を、山の民のあなたに差し出すことは大きな覚悟がいる。承諾する代わりに条件があります。海水を真水にする機械を使わせて欲しい。水は命の根源です」

頼むさくらに、頬に笑みを浮かべてトンプソンが答えた。

「わかった。ウオーターマシンを貸しだそう」

ミライの心臓がドクッと音を立てた。ブルッと身体が震える。

それを見たさくらがミライに訊《たず》ねた。

「我々は、この言葉を信じていいのか……？」

ミライは、トンプソンの目をじっと見つめた。

何秒かに過ぎない、その時間、トンプソンは、なんの感情のかけらも浮かばないその瞳をミライに覗《のぞ》き込まれるがままにしていたが、ふいにそらした。

「信用しない者と話してもしょうがない」

さくらが厳しい顔でトンプソンを睨《にら》みつけた。

「嘘《うそ》をついて争ってる場合ではない。助け合っていかなければ」

トンプソンは立ち上がると、ふたりを見下ろして唇の片側だけをあげて皮肉に笑った。

「助け合う？　我々山の民が、お前たち貧乏人に助けてもらうことがあるなら本当にこの世の終わりだ」

そう言うとトンプソンは、部下を引き連れ、荒い足取りで出て行った。

「やっぱり嘘だったんだね」

さくらの問いに頷《うなず》いて、ミライは言った。

「あいつ、言ってることと肚《はら》の中が全然違う」

ミライは、人並み以上に、いろんなことに敏感だった。風を読むのと同じように、人の心も見通すことができた。トンプソンの嘘を一瞬で見破ったのだ。

水を浄化する「ウオーターマシン」はトンプソン企業の専売特許であり、世界が復興した暁には金のなる木となるのは間違いない。トンプソンは、その機械を海の民に使わせる気は毛頭なかった。

同様のことが前にもあった。ポールシフト以前、地球の温暖化に伴い気温が上昇し、真夏に45℃以上の日々が続いたことがある。貧困でクーラーが買えない家々では病人が続出した。

さくらはトンプソンに面会を申し入れ、クーラーのレンタルを願った。しかしトンプソンは「貧しい者には、貧しい理由がある」と吐き捨てた。貧しさの苦しみを味わないとそこから抜け出そうと思わない。簡単に手を差し伸べては人の自立する力を奪う、貧乏が嫌なら必死で働け、という論だった。

しかし、海の民たちが貧困に陥《おちい》ったのは何も怠惰《たいだ》が原因ではない。汚れた海の影響は、遠洋漁業ではなく近海で漁をしていた、この街の海の民を直撃したのだ。

交渉を放棄したトンプソンは、すぐに工場の建設に着手しようと作業員を派遣してきた。それを止めようとした海の民が作業員たちともみ合いになり亡くなった。生まれたばかりの双子を持つ、働き者のゲンちゃんと呼ばれる漁師だった。

その事件は海の民の心に憎悪の火をつけ、積年の恨みが噴き出した。

恋浜という、かつては埋め立て地だった場所も今は真っ黒な海の中。そこに建つ四階建てのマンションの屋上に、海の民の男たちが集っていた。手に銛《もり》を持っている者が多数。ナイフや鎌、弓矢を携えている者もいる。

男たちはミライを囲んで気炎をあげた。

「あいつら、俺たちのこと人間だと思っていねえんだ！」

「ゲンちゃんの葬式に香典もよこさなかったってよ！」

中でももっとも図体のデカい赤茶けた髪色の漁師グンジが、黙って立っているミライの鼻先に顔をグイッと近づけて、決断を迫るように言った。

「トンプソンは工事の開始に向けて、鉄砲持ったロボット兵隊を護衛につけてるってもっぱらの噂《うわさ》だぞ！」

「ミライ、今やらないと俺ら殺《や》られちまう！」

「俺たちを奴隷にしようってんだ！」

ミライは強くかぶりを振った。

「暴力で立ち向かっても負ける。今は、自分たちの暮らしを立て直すことを優先しよう」

「んなこと言ってたら、港乗っ取られちまうぞ！」

「そうだそうだ！」

ミライは、一同を治めるように両腕を広げた。

「無駄に命を失ってどうする！　ここは冷静に対応しよう！」

「冷静でなんかいられっか！」

「ゲンちゃんはぶっ殺されたんだぞぉ！」

「港を奪われたら俺らどうせ死ぬんだ。トンプソンの野郎道連れにしてやるっ！」

憎悪の炎に巻かれた民たちは、ミライの制止も聞かず、闘志をむき出しに出て行こうとする。

右肩に強烈な痛みが走り、ミライはうずくまった。民たちがかまわず飛び出そうとしたそのとき――。

一同の行《ゆ》く手《て》を遮《さえぎ》るように人影が立ちはだかった。

さくらだった。

「婆《ばあ》……！　どいてくれ！」

さくらは男たちの顔をひとつひとつ見回した。さくらに見つめられ、男たちは静まりかえった。さくらがゆっくりと声を発した。

「お前たちの目的はなんだ？」

いきなりの質問に男たちはぐっとつまったが、ゲンちゃんのいとこの漁師が声をあげた。

「平和に暮らしてぇ……俺たちは前みてえに魚獲《と》って、かあちゃんが喜んで迎えに来て、一杯呑んで、日の出前にまた海に出て……そんな普通の暮らしがしてぇんだ！」

さくらは漁師を振り返った。

「争いからは何も生まれない」

さくらの声は、地の底から響くような強さを持って、皆の肚《はら》に響いた。

言葉の内容にではない、その声音に、ガツンと殴られたような衝撃が一同を包んだ。

グンジが不満をあらわに声をあげた。

「さくら婆《ばあ》、だけどこのままじゃ俺たちやられっぱなしだ」

「仕返しをして何になる？　ただ犠牲が増えていくだけだ」

さくらは、グンジをはじめ男たちを睨《にら》みつけると「銛《もり》は人を殺すためにあるのか!?」とビシリと問うた。

グンジは目をそらした。

「ばぁちゃん、みんな、港を守りたいんだ。魚が戻って来たときのために」

漁師たちをかばおうとするミライをさくらが遮《さえぎ》った。

「魚は戻ってこない」

「え!?」

「魚が戻ってくることはない」

「どうして……!?」

「山の動物も鳥も死に絶えた」

「!?……」一同は絶句して顔を見合わせた。

「もう地球上に残っているのは人間だけだ」

(そんなことがあるのか!? ばぁちゃんの言うことが理解できない。確かに最近は、あれほどうるさかった鳥のさえずりを聞かないけれど)

たたみかけるようにさくらが続けた。

「人類だけじゃない、この地球は今、滅びようとしている」

一同からどよめきが起きた。さくらの話は突拍子もなかったが、彼女が言うなら本当に違いない。今までさくらが言ったことで現実にならなかったことはないのだ。

「ばぁちゃん、地球が滅びるってどういうこと!?」

「ミライ、話がある」

さくらは身を翻《ひるがえ》して行こうとした。

男たちが声をあげた。

「俺たちも！　俺たちにも聞かせてくれ！」

「頼むよ、婆《ばあ》！」

男たちがさくらとミライを取り囲もうとしたときだ、突然さくらが苦しそうに胸を押さえ倒れた。

ミライが咄嗟《とっさ》に支えたが、さくらは全身をエビぞりにさせると意識を失った。

「婆《ばあ》！」

「どうしたんだ!?　さくら婆《ばあ》！」

「ばぁちゃん!?　しっかりして！」

口々に叫ぶ声にも、さくらは反応しない。

看護師の男が言った。

「心臓発作だ」

ミライは体温がすっと下がる気がした。自分の命が危ない災害のときにさえ冷静に行動できたのに、今は何をしたらいいのかわからない。

男たちも看護師になんとかしてくれと縋《すが》ったが、彼は今自分にできることはないと言った。ここには薬も医療機器も何もないのだ。

意識を失ったさくらの顔は蒼白《そうはく》で血の気がまったくない。

「ばぁちゃんを見捨てるのか！　助けてくれ！」

ミライの悲痛な叫びに、看護師が答えた。

「もしかしたら……たったひとつ、助かる方法があるかもしれない」

看護師は、山の民の経営する病院で、心臓発作の患者を奇跡的に助けた機械を見たことがあると言う。それはサウンドオペレーションシステムという機器で、音の周波数を肉体に響かせるものだった。身体の部位が、健康になる音に共鳴して、細胞が活性化し元気になるらしい。

「それが山の民の病院には、あるのか？」

「ああ」看護師は暗い顔で頷《うなず》いた。

三年前の災害で海岸エリアの病院は全滅した。残ったのは山手の総合病院だけだ。あの災害のときでさえ山の民は、海の民の負傷者の受け入れを拒んだ。治療したら助かったかもしれない命がいくつも失われていった。本当にさくらを救う機器があったとしても、山の民がそれを貸してくれるとは思えない。

一同は、がっくりと頭《こうべ》を垂れた……。

ベッドで横たわるさくらの頬を、ほのかな灯りが照らし出している。

海の男たちは、何かあったら呼んでくれと言って、ひきあげていった。

このマンションは、太陽光発電のおかげで電力をつくりだせていた。こんな緊急事態時でも、部屋が明るいのはせめてもの救いだ。

ミライは祈るように、さくらの手を握りしめた。

「このままばぁちゃんが目を覚まさなかったら……」

そんな恐ろしい想像ばかりが頭の中をうめつくす。ミライは呼吸をするのも忘れていることに気づいて、意識的に息をふーっと吐き出した。

ミライの心を大本から支えているのは、さくらの存在だ。

幼いときから、いや、生まれたときから両親がいないミライにとって、さくらはたったひとりの家族だった。

ミライの瞼《まぶた》に、いつも笑顔で接してくれたさくらの記憶が浮かんだ。

さくらは、ミライを就学年齢になっても小学校に通わせなかった。集団生活はあわないだろうというのが理由だ。周りの人々は教育が遅れることを危惧《きぐ》したが、ミライはすぐに読み書き算数、今では日本語とともにこの国の公用語になった英語も軽々と習得した。また古文書を愛読するさくらの影響を受けて、古事記から魏志倭人伝《ぎしわじんでん》まで読み解けるほどになった。誰に強《し》いられるわけでなく知識欲のままに学べる環境が、ミライにはあっていたのかもしれない。

それでもミライは、同年代の子供たちと遊べないのを哀しく思ったことがある。そんなミライの気持ちに気づいたのか、学校帰りに誰もが遊びに来られるように、さくらは家を開放し、温かくもてなした。そのおかげでミライには友達がたくさんできた。

さくらは常にミライを見守り、適切な援助の手を差し伸べた。両親の顔も知らずに育ったミライが、そのことで深く思い煩《わずら》うこともなかったのは、心の中いっぱいをさくらの愛情が埋めていたからに違いない。

ミライが決意を固めたように立ち上がった。

「ばぁちゃん、僕、ばぁちゃんの心臓を治すマシンを奪ってくる」

どれほどの困難があったとしても、さくらの命だけはなんとしても守りたい。

心が決まったミライの行動は素早かった。動きやすく闇に溶ける黒い洋服に着替えると、コンパクトに折りたたんだウインドサーフィンのボードを抱えて出て行こうとした。

「ミライ……」

かすれた声が背後から聞こえて、ミライは振り返った。

さくらが、気を失っていたとは思えないほどのしっかりした眼差しで、ミライを見つめていた。

「ばぁちゃん!……大丈夫!?」

駆け寄るミライを見て、さくらが息を呑んだ。

「どうしたの、ばぁちゃん?」

さくらが、あまりにショックを受けた様子を見せたので、驚いてミライは訊《たず》ねた。

「とうとう、そのときが来たのか……」

さくらの視線が、ミライを通り越して背後を見ているようだったが、振り返っても何もない。

「鏡を……見てみろ」

さくらは、覚悟を決めるように目を閉じると、ひとつ大きく息をした。

鏡の前に歩いていこうとしたミライは、窓に映った自分の姿に驚いて、目を疑った。

暗い夜の闇に続く窓ガラスの中――映っているのは大きな翼――。

ミライの背に翼がある。

「な、なんだ、これ……!」

あまりに信じられなくて、素《す》っ頓狂《とんきょう》な声が出る。確かめようと壁際の姿見に駆け寄った。

間違いない。ミライの肩甲骨《けんこうこつ》のあたりから、長さが一メートルもある翼が二枚はえている。閉じてしぼんでいるが翼だ。そして、その翼は七色だった——。

「ばぁちゃん……！」

驚いて出す声が裏返る。

「これは……」

「〝虹の翼〟だ」

「虹の翼……？」

「誰にも見えないように、私がある特別な術を使って隠しておいたのだ。でも私のパワーも尽きたようだ。ミライ、その翼はすべての人に見えるものではない。しかしその翼を持つ者には邪悪なことが起こると言われ、弾圧されてきた歴史がある。私はお前をそんな禍々《まがまが》しいものの影響から守るために、その翼を隠してきた」

ミライは、さくらの言うことがいちどに理解できず、さくらの手をとった。さくらがミライのために、何かとても大きな秘密を抱え自分を守ってきたことだけは、混乱した頭でもわかった。

さくらが愛おしむような眼差しでミライを見た。

「私はもう……これ以上……お前を……守ってやることは……でき……ない」

さくらの呼吸が激しくなり、言葉も切れ切れになっていく。

「ばぁちゃん……！」

祖母の目の光が弱くなっていくのに気づいて、ミライは彼女の身体にすがりついた。そうでもしなければ、今にもこの世から飛び去ってしまいそうだ。

「ミライ……」

さくらは何か言いたそうに唇を動かしたが、力尽きたように再び意識を失った。

窓の外に、今まで見たこともないほど薄い三日月が浮かんでいる。さくらの細い身体も明日にははかなく消えてしまう気がして、心細さが増した。

（ぐずぐずしてる場合じゃない！）

ミライは、翼のことを頭から振り払うと、ウインドサーフィンのボードを背負い全力で駆けだした。

山手エリアにある病院に忍び込むには、高い壁を越えていかねばならない。どうしたものかと思案顔で走るミライを、男の野太い声が呼び止めた。

「ミライ」

ミライはギョッと振り返った。翼を見られたらバケモノ扱いされる！

そこにはグンジと仲間の漁師ふたりが立っていた。

グンジが目を細めて、ミライをじろじろ眺めながら訊《たず》ねた。

「さくら婆《ばあ》の加減はどうだ？」

「……眠ってる」

ミライは、翼についてなんと言い逃れようか、忙《せわ》しく頭をめぐらせた。

しかしグンジは、「よく看《み》てやってくれ」

そう言うと、ミライの背に片手を回しギュッと抱きしめて、立ち去っていく。

ミライは力んだ肩をホッと下げた。どうやら、あの三人には翼が見えていないらしい。他人には見えないのだろうと、少しだけ安心できた。

暗い海を前に、ミライは背にはえた翼を動かしてみる。まさかとは思ったが、飛んで海を渡れないかと考えたのだ。しかし固く閉じた翼はぴくりともしない。

飛べないのなら仕方がない、いつものようにウインドサーフィンで行くだけだ。

首をかしげて耳をすました。こうやって意識を研《と》ぎ澄ますと、風の向き、強度、そしてこれからの天候までもが瞬時にわかる。

ウインドサーフィンの帆柱を握る手が躊躇《ちゅうちょ》し止まった。風が強すぎる。はたして高い壁を越えていけるのか。風に煽《あお》られ壁から落ちたらただでは済まない。壁の向こうには、鉄砲を持った見張りがずらりと並んでいる。

それでも行くしかない。ここでさくらの命が消えていくのを、手をこまねいて見ていることなど絶対にできない。

ミライは、暗黒の海の向こうから吹いてくる風に乗って、夜の海を渡り始めた。

「ばぁちゃん、待っててくれ。僕は絶対に、ばぁちゃんを助ける」

暗い海上から見るマンション群は、黒い海に身を横たえる鯨のようだ。それは今にも動き出して、住民たちをその腹の中から転げ落としてしまう、そんな恐ろしさがあった。

海からの風は、ミライを山手エリアの壁のない崖下にまで運んでくれた。ここは海流が逆向きで、海から近づくのは困難だ。だがミライのウインドサーフィンを手繰《たぐ》る腕前がその上をいった。ミライは見張りの目をかいくぐり、想像以上に軽々と山手エリアに侵入し、病院の屋上へたどり着いた。

深夜の病院はひっそりとして人気《ひとけ》がない。数少ない太陽光発電で暮らす海岸エリアと違って、十分な灯りがともされ、災害があったことなど嘘《うそ》のようだ。山の民が新しいエネルギーを発明したという噂《うわさ》は、本当なのかもしれない。

看護ロボットたちが床の上を移動する音が、廊下から響いてくる。

ここ数年、人工知能《AI》を組み込んだ有能で安価なロボットが開発され、急激に多種多様な労働に従事するようになった。ロボットたちは、殊《こと》に貧困層から仕事を奪い、貧富の差はますます広がった。看護師や介護士の仕事も、今ではロボットがてきぱきとこなす。当初は、「心」を理解しないロボットに、ホスピタリティ溢《あふ》れる対応は期待できないと言われたが、細やかな気遣いまでプログラミングされると、人間以上に行き届いたケアで世の中に受け入れられていった。

ミライはロボットの注意を引かないように、病院の中をそっと移動した。しかしいくら探しても、サウンドオペレーションシステムらしき機器を見つけることができない。治療に使用しているのに違いないと、あちこちの病室を見回っている最中《さなか》、遂に大きな空気銃を持った警備のロボットたちに見つかった。

角ばった白い頭、二メートルほどの図体に細長く白い手足がくっついている。動きはロボットとは思えないほどスムーズだ。

「やべえだろ、それは」

ミライは恐怖を蹴散《けち》らすように、わざと軽口をたたいて猛ダッシュで逃げ出した。しかし、ロボットたちは訓練された軍隊のように執拗《しつよう》にミライを追いかけて来る。なんとか振り切ろうと、廊下を何度も曲がったが、ロボットはなぜか行く先々に出現して、どんどん数が増えていく。

「なんだよ、ロボット地獄か、ここ」

武器を持たないミライは反撃のしようがない。

とうとう何十体ものロボットに囲まれた。何十丁もの銃口が、狂いなくピタリとミライの心臓を狙っている。

ミライは、自らの死の恐怖よりも、祖母を救えないことに落胆した。

（万事休すか――）

（ばぁちゃん――助けてくれ）心の中でさくらに祈る。

近づいてきたロボットが、ミライの腕を捕《と》らえようとした。その瞬間ミライはロボットから空気銃を奪うと、天井に向けてぶっ放した。

弾が電燈にあたり、ガラスの破片がバラバラと降り注ぐ。

ロボットたちは一斉に反応して、空気銃をガラスの破片目がけて連射した。

その隙にミライは、ロボットの股の間を滑り抜けた。

「君たちの相手してる時間はないの！」

負け惜しみのような一言を投げつけ、階段の踊り場まで全力で疾走すると、手すりに腰かけ滑り降りた。

敏捷《びんしょう》な身のこなしは天性のもの。予想外の動きをされ、ロボットたちはすぐに追いかけることができない。

五階分ほど階段の手すりを滑り降り、大丈夫だろうと息をつくとギョッとした。

先ほどとは別のロボットの群れが、軍隊のように行進して来る。どうやら侵入者の居場所を察知できる機能を搭載《とうさい》しているようだ。

追い詰められたミライは、目の前にある扉を開け飛び出した。

「マジか」

扉の先にあらわれたのは、とても三年前に災害に遭ったとは思えない、手入れされた花々が見事に咲く庭園だった。それも珍しい熱帯植物の花が咲き誇り、まるで南国のリゾート地のようだ。海岸エリアは今でも、災害の爪痕《つめあと》がくっきりと残されているのに、ここにはその跡形もない。その様子に驚きながら、ミライは庭を横切り、面していた部屋に忍び込んだ。

その部屋は病室ではなく家族の住居のようだった。ここにも庭と同様、災害の痕跡《こんせき》はまったくない。白く滑らかな材質の高級そうなテーブルやチェストなどの調度品、ふんわりとしたブランケットのかかる清潔なベッドが、広い室内に整然と並んでいる。ミライは、海岸エリアの暮らしとの違いにあっけにとられた。かすかな足音を聞いて、慌てて部屋から出て行こうとしたとき、ドアがノックされた。

ぎくりとドアから後ずさると、背後に人が立っていた。

ミライよりも二十センチほど身長が高く、肩幅の広い、筋肉質の若い男だ。一重瞼《ひとえまぶた》の切れ長の目に、すっきりと通った鼻筋。髪を赤みがかった茶色に染めて、災害以降海岸エリアではすっかり見なくなった純白のシャツを着ている。どちらかと言うと優しく端正な顔立ちなのに、触ると切れる鋭利なナイフのような危うさを感じさせるのは、彼がまとっているとんがった雰囲気のせいかもしれない。

ミライを見たその青年の目に、驚愕《きょうがく》の色が浮かんだ。

「ヤマトサマ、アヤシイモノガ、ハイリコミマシタ。イジョウアリマセンカ」

ミライが驚いて逃げ出そうとすると、ヤマトと呼ばれたその男が唇にそっと人差し指を立て、ドアの向こうに不機嫌な声で言い放った。

「寝てるんだ。邪魔しないでくれ」

「シツレイイタシマシタ」

ドアの向こうのロボットがそそくさと立ち去る気配がする。足音が遠ざかると、ヤマトが、ミライの薄汚れた服装を見ながらおもむろに口を開いた。

「お前、海の民だよな？　なんの目的で忍び込んだ？」

「……サウンドオペレーションシステムっていうマシンを借りたくて」

「サウンドオペレーションって……音で身体を整える？」

ミライは戸惑いの中で頷《うなず》いて答えた。

「ばぁちゃんの命が危ないんだ……」

ヤマトが、その形のいい耳を触りながら口を開いた。

「望むものは用意する。そのかわり条件がある」

「虹の翼を持つ者は、次元を超えて過去に行けると聞いたことがある」

「条件……？」

ミライはハッとヤマトを見つめた。

「君、これが見えるの……⁉」

ミライは色めきたった。翼が見える人間はさくら以外で初めてだ。この翼の意味を知っているなら教えて欲しい。この得体の知れない翼の意味を。

ヤマトはゆっくりと眩《まぶ》しげに七色の翼を見た。

「俺を過去に連れていけ。それがマシンを貸し出す条件だ」

ミライは戸惑った。この翼で飛ぶことさえできないのに、過去になど行けるはずがない。しかしさくらを救う機器をなんとしても手に入れたい気持ちが、ミライに嘘《うそ》をつかせた。

「……わかった。ばあちゃんを助けてくれるなら何でもする」

ヤマトは、ミライをサウンドオペレーションシステムがある診察室に連れて行った。幅五十センチ奥行六十センチ高さ十センチほどの四角い箱型のその機器を使用する治療法は、この病院の目玉になっていた。

「君は誰？　どうしてこれを貸してくれるの？」

ミライは、この男に邂逅《かいこう》した当初から抱いていた疑問を口にした。

「ここ、俺のオヤジの病院」

ヤマトは、答えるのが嫌そうに素っ気なく言葉を吐きだすと、マシンを運びだした。

ミライは、過去に連れていくという奇想天外な約束をさせられたものの、機器を自由にできる病院の息子と出会えた幸運に感謝した。

ふたりが機器を四輪駆動の車に乗せ、ヤマトの運転で出発しようとしたそのときだ。

女の影が走り出てきた。

「なんだ、ミヤコかよ」

ヤマトは舌打ちするとパワーウインドーをわざと閉めた。

「ミヤコって？」

後部座席に身を潜ませたミライがそっと訊《たず》ねる。

「母親」

「母親？　え、君の？」

「そうらしい」

ヤマトがうんざりしたように肩を縮めた。

ヤマトの母だという女は、夜中に出て行く息子の行動を制止しようと車のガラスをバンバン叩いた。

「ヤマト、こんな夜中にどこへ行くの？　勉強は？　医学部の受験は待ってくれないのよ！」

ヒステリックな甲高《かんだか》い声が車の窓を震わせる。

「俺は医者になんてならない。世界が終わるってのに意味ないだろ」

「こういう時代だからこそ必要なのよ。あなたが後《あと》を継がないと病院はどうなるの？」

ヤマトは、答える気はないという合図のようにエンジンを大きく噴《ふ》かすと、猛スピードで車を発進させた。

苛立った気持ちをぶつけるように、曲がりくねった真っ暗な山道をとてつもないスピードで走らせるものだから、ミライは生きた心地がしない。どうやらヤマトは、病院の後継を期待されているようだが、真面目な学生にはとうてい見えない。金持ちの親が持て余すドラ息子というところか。

「お前、いくつ？」

突然、ヤマトが訊ねた。

「え？」

「歳」

「……十七。君は？」

「十八。名前は？　俺はヤマト」

「僕はミライ」

　ヤマトがバックミラーでミライをちらりと覗《のぞ》いた。

「オーケー、ミライ。お前、ここまでよく生き延びてこられたな」

「え？」

「翼持ったまま。ふつー殺されてるだろ？」

「どういう意味!?」

　勢い込んで訊ねるミライを、ヤマトが不審げに見た。

「君はこの翼にどんな意味があるのか知ってるの!?　だったら教えてよ！」

　ミライの切なる問いを無視するように、ヤマトが大音量で音楽をかけた。テンポの速いロックの爆音が車中に満ち、ミライは耳を塞《ふさ》ぎたくなった。どうやらヤマトは、ミライの質問に答えるつもりはないようだ。

　山の民が管理するマリーナに到着すると、ふたりは車から小型船舶に乗り換えて、さくらが待つマンションへと向かった。

　ミライはつくづく思った。「富」というものの持つチカラを──。

　災害が起こって三年、海の民は今も食料不足にあえぎ、電気を思うように使えない生活を強《し》いられているのに、山の民は既に災害前の生活水準近くまで回復しているように見える。

ミライがヤマトとともに、さくらの命を救う機器を運び込んだのは、夜明け前のもっとも闇が深い夜の終わりだった。

ミライが駆けつけると、意識を失っていたさくらがゆっくりと瞼《まぶた》を開けた。

「ばぁちゃん！　ばぁちゃんを助けるマシンを持ってきたよ！」

さくらの唇が、今まで見たこともないほどゆっくりと動いた。こんな弱々しいさくらは初めてで、ミライは胸を衝《つ》かれた。

「ミライ……私は……もう……逝《い》くから……」

「ばぁちゃん……」

「ミライ……」

さくらが最後の力を振り絞るようにミライの手を握った。すると突然、ミライの脳裏に映像が流れ込んできた。

それはまだ海が青い色をしていた頃のこと――。

空は晴れ、陽は燦々《さんさん》と照り、青い海は規則正しく心地よい波の音を響かせている。のんびりとうららかな春の午後だった。

さくらがわかめを干している。きびきびと行動する祖母の髪は今よりも黒く艶《つや》があり、顔の皺《しわ》も薄い。

『助けて！』

若い二十代の女が血相を変えて走ってくると、腕に抱えていたおくるみをさくらに押しつけた。

女の白い顔には恐怖を押し込めた必死さがあり、さくらはハッと女を見た。

『命を狙われてるんです！　お願い、助けて！　必ず迎えに来るから』

そう言うと、アッという間に逃げていった。さくらは一言も発することができない。

それほどまでに、女は全身で緊迫した状況を伝えていた。

女が遠く海岸線の向こうまで駆け去る後ろ姿を、呆然《ぼうぜん》と見ていたさくらを我《われ》に返らせたのは、甲高《かんだか》い赤ん坊の泣き声だった。それは、ずしりと重いおくるみから聞こえてくる。

さくらがおくるみをはぐと、ぱぁーっと一面が明るくなるほどの光が放たれた。

あまりの眩《まぶ》しさに顔をそむけようとしたさくらの目に、柔らかな頬と明るい笑みが飛び込んだ。

それは、深い森で迷子になり、べそをかきながら歩いていたら、突然目の前が開けて、一面に黄色い菜の花が広がっているのを見た子供の頃の衝撃的な感動に似ていた。

さくらの心がふんわりと、まあるくなった。まるでゆっくりと恋が育まれていくときのように。

突然、さくらは思った。「私がこの子を育てる——」そのことがまるで初めから決められた宿命のように。

そうして、おくるみの端っこに手縫いの刺繍《ししゅう》を見つけた。

「MIRAI」

ミライ……あの若い母親がどんなせっぱつまった事情で、この子を置いていったのかわからない。だが、この名をつけた、その祈るような思いは確かに届いた。

この子の〝未来〟が幸せであるように……。

さくらがミライを抱こうとした瞬間、右手に違和感があった。不審に思って赤ん坊の背中を見ると、太陽の光を浴びた小さな翼がキラキラと七色に輝いている。

ミライがそこまで見終わると、さくらがミライから手を離した。ミライの頭の中から映像が嘘《うそ》のように消え去った。

不思議だった。ミライは、過去のさくらの中に自分が入り込み、赤ん坊を抱いたのだ。

「ばぁちゃん、今のは何……？」

目を閉じていたさくらがうっすらと目を開けてミライを見た。

「探せ……残りの四人……虹の翼を持つ者を……お前が助かるには、その道しかない……」

「え、何？　何を言ってるの？　残りの四人って……？」

「木火土金水《もっかどごんすい》……五つの『智慧《ちえ》』を取り戻せ……」

さくらは息絶え絶えに言うと、ぷつりと何かが途切れたように、首をガクリと垂れた。

「ばぁちゃん!?　……ばぁちゃん……!?」

呼びかけたミライは愕然《がくぜん》とした。

さくらはもう息をしていなかった。あっけないほどに、死がさくらを連れ去ったのだ。

「ばぁちゃん……！　ばぁちゃん！」

なんとかこの世に連れ戻そうと、ミライはさくらの身体を揺さぶった。

その腕をヤマトがそっとつかんだ。

「もう無理だ……」

ミライは膝から崩れ落ちた。さくらが逝《い》ってしまったショックと同時に、思いもかけない事実に混乱していた。

さっき見た映像が本当なら、さくらはミライの血のつながった祖母ではないということだ。

(ばぁちゃん、僕のお母さんはばぁちゃんの娘じゃないの!?　お父さんと一緒に事故で死んだって言ってたのは嘘《うそ》だったの!?　どうしてそんな嘘をついたの!?)

ミライの心の中は、さくらに訊《たず》ねたい多くの疑問で渦巻いている。

今までさくらは、ミライの両親のことを多く語らなかった。ミライは、さくらがふたりを失った悲しみを抱えているがために触れたくないのだと解釈していた。

それが、真実は、見知らぬ女がさくらに、ミライを押しつけていったというのか!?

混乱するミライの前で、さくらは静かに横たわっている。今までは、こんなときに必ず寄り添い力づけてくれたさくらは、いなくなってしまったのだ……。

ミライは頭を抱え込んだ。歯がガチガチ音を立てる。「うっうっ」と言葉にならない哀しみが唇の間から零《こぼ》れ落ちる。涙が止まらない。

どのくらいの間、そうしていただろうか。

泣きつくし、ぼんやりと顔をあげると、ヤマトが背をこちらに向けて、窓から外を眺めていた。

ミライは動揺した。すっかりヤマトのことを失念していた。

「……君に謝らないといけない。ばぁちゃんを救いたくて嘘《うそ》をついた。僕は過去に行く方法なんか知らないんだ」

ヤマトの目に殺気立った光があらわれたと思うと、ヤマトはポケットから出したナイフを、ミライの首筋に突きつけた。

「そんな言い訳通じると思うか。過去には必ず連れていってもらう」

「ホントにムリなんだ！　反対に教えて欲しいくらいなんだ！　君はこの翼がある者は過去に行けるって言った。この翼は何⁉」

ヤマトがギリギリとナイフを押しつけた。ナイフの刃の冷たさがゾクッと恐怖を誘う。

そのままの状態でミライとヤマトは睨《にら》み合った。

ミライには、なす術《すべ》がない。だが嘘をついてここまでヤマトを連れてきたのは自分だ。謝るしかない。しかしどうしたら過去に行くことを望む男に納得してもらえるのか。途方にくれた一瞬がたまらなく長く感じられる。

「きゃーっ」

入って来ようとしたさくらの世話をしていた女が悲鳴をあげた。

その声を聞いて、海の民の男たちが十数人入って来た。

「お前、山の民じゃねえか⁉」

「あ、コイツ病院の不良息子だ！」

「なんでここにいる⁉」

「トンプソンに頼まれてスパイに来たんだ！」

さくらの死に気づかないまま、男たちが血走った目でヤマトを囲もうとした。ミライがヤマトをかばって言った。

「この人は、ばぁちゃんを助けてくれようとしたんだ！」

しかし男たちは止まらない。トンプソンへ募らせた積年の恨みがヤマトに向かって噴《ふ》き出し、詰め寄ろうとする。

咄嗟《とっさ》に、ミライはヤマトの手を取り駆けだした。

男たちはすかさず、「逃がすな！」「待てっ！」と口々に怒声をあげて追いかける。

ミライはヤマトを連れて屋上に駆け上がった。そしてワンタッチでウインドサーフィンの帆《セイル》を開くと、ボードに飛び乗った。

「乗れ！」

ミライはヤマトの腕をつかんでボードに引き上げる。

そして、男たちが帆《セイル》に手をかけようとした瞬間、真っ暗な海に向かって飛び降りた。

男たちの追跡は免《まぬが》れたものの、海上は強風が吹き荒れている。ゴーッと地鳴りのような波のうねりがやってきて、帆柱にしがみついたふたりを渦《うず》の中に飲み込もうとする。

「これで海を越えるなんて無理だろう！」

さっきまで何があっても感情をあらわにしなかったヤマトが、不安の強く入り混じった声で叫んだ。

ヤマトは山手育ちだ。海に近寄ったのは久しぶりに違いない。

「もしもォ、落ちてもォ、絶対に海水を飲むなーッ！」

ミライは風に吹き消されないように大声を張り上げた。

突然、ヤマトがボードの上で蹲《うずくま》った。

「どうした？」

ミライは必死でポールにつかまって、ヤマトを覗《のぞ》き込んだ。月明りの中のヤマトの顔色が真っ青に見える。そして折り曲げたヤマトの膝ががくがく震えている。

「もしかして泳げないのか!?」

「まさか」

顔をそむけるヤマトの態度が肯定していた。

(これ以上、海上にいたら危険だ。しかし風は陸から海に吹くオフショアだ――。どうしたらいい！)

ヤマトのただならぬ様子に、ミライは心の中で葛藤した。このままでは、そんなに長くヤマトは耐えられないに違いない。

ミライは、帆《セイル》を閉じながらヤマトに叫んだ。

「しっかりつかまってろ!」

そして異臭漂う海水に飛び込むと、泳いでボードを押し始めた。ミライの予測だと、しばらくオフショアの風は続く。今は風の力を借りるより泳いだほうが陸に早く近づける。

しかし激しい波は容赦なくミライの顔面を直撃し、息をするタイミングに気をつけないと海水を飲みそうだ。これほど毒々しい水を飲んだら一巻の終わり。必死でボードを押しながらバタ足をする。夏だというのに夜の海水は異常に冷たく、いつも疼《うず》く右肩が急激に痛みを増した。その、あまりの激しさにミライが顔を歪《ゆが》めた瞬間だった。

どこからか『声』が聞こえた。

『虹の翼持つ者よ、ハヤブサの名のもとで飛べ』

(なんだ? 誰の声? この絶体絶命の状況で「ハヤブサ」とはなんだろう?)

頭の中は疑問で渦巻いている。

しかし自然にその言葉をリフレインしていた。

「虹の翼持つ者よ、ハヤブサの名のもとで飛べ」

かつて叫んだことがあるような懐かしさが蘇《よみがえ》る。

（なんだろう、この感覚は……古い記憶が呼び起こされるような……）

そのときだった。たくましい翼を羽ばたかせた一羽のハヤブサが、激しい豪雨の中からあらわれ上空で旋回し始めた。導こうという意図を示しているように見える。

驚きながらミライがボードに飛び乗ると、ハヤブサがバサバサと飛んで来て肩に止まった。そして、その鋭い嘴《くちばし》をミライに向けた。ミライが見つめると、ガラス球のような目の奥から声が聞こえる。

『ついて来い、虹の翼を持つ戦士よ』

そして飛び立った。

その途端、不思議なことに帆《セイル》が開き、沈没しかかっていたミライとヤマトの乗ったウインドサーフィンをふわりと風がすくった。そして海上を滑るように、ふたりを乗せて運んでいく。

ハヤブサのあとを追って吹く風は、まるで意思を持っているかのようで、ミライは驚愕《きょうがく》の面持ちで海を見渡した。

黒々とした巨大な波が岩にぶつかり弾《はじ》け散る。

危ないところだった。あのままあそこにいたら、今頃ふたりとも岩に激突していたに違いない。

「大丈夫？」

ウインドサーフィンの舵を取りながらミライが声をかけると、ボードにしがみついたヤマトは、動揺を押し隠すように冷たい声で答えた。

「別に大したことじゃない」

ぷいとそむけるヤマトの端正な横顔が、ミライを拒否しているように見える。

ミライの心に不安が膨《ふく》れあがった。

（僕たちはどこに向かっている？

ばぁちゃんは人類が滅びると予言した。それはどういう意味なのか？

そしてヤマトとの約束。過去に連れていくなんて夢みたいなことが本当に可能なのか？

僕は、虹の翼の意味さえ知らない……）

地図を持たず暗い森の中に放り込まれた子供のように、心細さが襲ってくるのを、唇をぎゅっと結んで耐えていた。

第一の翼「封印された智慧」

その小さな山小屋は、鬱蒼《うっそう》とした森の中に、人目をはばかるように建っていた。海からあがったふたりを導いてきたハヤブサは、上空を二度三度旋回すると、いずこともなく消え去った。

そのとき、またもや、『声』がやってきた。

『虹の戦士よ、ともに飛べ。五人の翼羽ばたく空に、青い海が蘇《よみがえ》る』

（なんだ、これは⁉ ハヤブサの声⁉ 虹の戦士⁉ 五人って⁉）

ミライの戸惑いに気づかず、ヤマトが「あれを見ろ」と一方を指差した。

山小屋の裏手に狭い数段の棚田があり、稔《みの》りかけた稲穂が月明りの中に浮かんでいる。棚田にしたのは、異常気象の影響で続く豪雨対策だろう。水質の汚染で農業が難しい中、これほど見事な棚田は昨今見たことがない。この棚田の持ち主は、汚れた水を浄化する技術を、トンプソン企業よりも早く発明していたことになる。

丸太で組まれた山小屋は、何十年も前に建てられたらしく、恐ろしく古ぼけていた。中から灯りが漏れている。

ミライは、ヤマトと緊張した顔を見合わせたが、思い切ってドアをノックしてみた。

反応はない。

ヤマトが今度は強くノックして声を出した。

「誰かいますか！」

突然内側からドアが開いた。

「ウィック」

変なしゃっくりをしながら、黒縁眼鏡《めがね》をかけた小太りの中年男が立っている。酒焼けの赤らんだ顔に、よろよろ足元がおぼつかないのは、今も酒を呑んでいたからのようだ。ちらりと見える室内には、ビールやウイスキーの空き瓶がごろごろ転がっている。

「なんだ、酔っ払いのオヤジか」ヤマトがつぶやく。

初対面で失礼極まりないが、ミライには、ヤマトがそう言ってしまう気持ちがよくわかる。自分たちは不思議なハヤブサに導かれて、こんな山奥にやって来たのだ。見知らぬ冒険に旅立った怖れと不安、緊張でいっぱいなのに、目の前に立っているのは、どう見てもさえないオヤジ。ビールの呑みすぎなのか、出っ張った腹がベルトの上にだらしなく乗っかっている。

「俺たちハヤブサに連れてこられたんですけど」

ヤマトがつっけんどんな言い方で話しかけた。

「ハヤブサ？　なんだ、そりゃ？　ハヤいがブサいくな鳥、なんつって」

オヤジがにやけた顔をさらにゆるめて言った。

そのさえないオヤジギャグに、ヤマトはムッとした顔を隠さず、「時間の無駄。行こう」とミライに言うと踵《きびす》を返した。

ミライがヤマトのあとについて行こうとすると、「ちょ、ちょっと待った！」と、オヤジが素《す》っ頓狂《とんきょう》な声を出して慌てて追いかけて来た。

「き、き、君は虹の戦士か！」ミライの背を見て震える声で言った。

驚いたことに、オヤジの目には虹の翼が見えるらしい。

「おじさん、これが見えるの？」

訊ねるミライの口を封じて、あたりの気配を窺《うかが》うようにオヤジがそそくさと言った。

「入って、早く！」と、ふたりの姿を隠すように小屋の中に導き入れる。

そして瓶がごろごろ転がっている床を踏み越えていくと、奥の戸棚の陰にある隠しボタンを押した。床の扉が開くと、地下に下りていく階段が続いている。

オヤジは招き入れるかのように、ふたりを振り返ると先に下りていった。

続いて階段を下りたミライとヤマトは、口をあんぐりと開けた。

そこは、まるで科学研究所のように、たくさんのコンピューターや機械類がところ狭しと並べられ、そのすべてが作動しているのか、色とりどりのランプを忙《せわ》しく点滅させたり音を立てたりしている。

「ここは……!?」

こんな山奥の古びた丸太小屋に、最先端の機器類があるのに驚きを隠せず、ミライは太っちょオヤジをマジマジと見た。

オヤジは「そのあたりに座ってて」と床を指差すと、きびきびとマシンを扱い始めた。その目はさっきまでの濁った酔っ払いのものではなく、「オヤジ」と呼ぶには憚《はばか》られるほど英知に満ちている。

（いったい、この人物は何者なんだ……？）

オヤジを観察していたミライは、ヤマトが壁を注視しているのに気づいた。

数々の写真や英文の表彰状で埋め尽くされている。

中の一枚は世界でもトップクラスのS大学の卒業式の写真らしく、写っているのは、今の体形を横に縮小したようなスリムな若かりし頃のオヤジ。そして数えきれない英文の表彰状は、どれもが『ドクター寒川』の発明を讃《たた》えるものだった。

「おじさん、寒川っていうの？　大学の先生か何か？」

「大学の先生じゃないが物理学博士だ」

「博士ねぇ」

ヤマトが呆れ顔で、博士の赤らんだ顔と突き出た腹を交互に見た。

寒川博士が突然、ミライの両手を取った。

「この日が来るのをどのくらい待ったかしれない……もう虹の戦士は死に絶えてしまったかと諦めるところだった……ヒック」

しゃっくりをする目に涙が滲《にじ》んでいる。

ミライは戸惑いを隠しきれない声で訊ねた。さっきも「虹の戦士」というワードをどこからともわからない『声』で聞いたばかりだ。

「虹の戦士ってなんですか？　この翼のことを言っているなら教えてください。これはなんですか⁉　突然翼がはえたり、祖母がこの翼を魔術を使って隠してたとか、僕もうこんがらがっちゃって」

博士は意外な顔で答えた。

「君は知らないのか、そのとんでもなく素晴らしい翼の意味を！」

熱のこもった声で言うと、ヤマトを見た。

「君はどうだ……？」

ヤマトが答える。

「虹の翼を持つ者は特別な役目を背負っているということだけ――」

「特別な役目……？」

博士は大きく頷《うなず》くと、さも重大なことを発表するかのごとくもったいぶった声で告げた。

「虹の翼を持つ、虹の戦士たちは、この地球を救うために宇宙から遣《つか》わされた偉大な者なのだ」

ミライはますます困惑した。

(地球を救う……？「虹の翼」は「邪悪なことが起こる印」ではないのか？)

その心の問いを読み取ったかのように、博士はミライをちらりと見て滔々《とうとう》と話し始めた。

「私は何十年も、いや百年も今日の日を待っていた。虹の翼を持つ者があらわれる日を」

「百年っておじさん、そんなに生きてないっしょ。大げさ！」

思わず突っ込むミライだったが、続く話はふたりを心底驚かせた。

「本当なんだ。ここに住んだのは、虹の翼を持つ者を迫害しようとする闇の勢力から隠れるためだ。私はいつか虹の戦士があらわれたときに、自分の力を貸すという信念だけを支えに生きてきたと言ってもいい」

「迫害？　闇の勢力？　何それ！」

ミライは、博士の口から出る物騒な言葉の羅列《られつ》に思わず声を大きくした。

「酒呑んで酔っ払ってただけに見える」ヤマトがぼそっと口をはさんだ。

博士は、その大きな背中をしょんぼり縮めた。

「寂しくてなぁ。いつ来るかわからん虹の戦士を待つのは……。酒だけが慰めだったんだ……。やめる！　金輪際《こんりんざい》、酒は呑まない！」

そう断言して、博士は長年胸に秘めてきた話を続けた。

博士の人生の半世紀を賭けたその話は奇想天外で、ミライも、自分自身に翼がはえる経験をしていなかったら、とうてい信じられることではなかった。

「今、この地球は破壊され、そのため人類は滅びようとしている。そのことはもう何十年も前から予測されていたことなんだ。私はそれを防ぐために虹の戦士を探していた。だがポールシフトが起こってしまった――」

博士は悔しさを滲《にじ》ませて自らの頭をはたいた。

人類は滅びる――。それは、さくらがいまわの際《きわ》に言い残したことでもある。

博士はミライの背中の翼を尊敬をこめて見た。

「私が調べたところによると、地球と人類の危機を救えるのは虹の戦士たち、つまり七色の翼を持つ者なのだ。人類の歴史を変える虹の戦士が百十一人、この地球に生まれてきたと言われている」

「歴史を変える百十一人？」ヤマトが口をはさんだ。

「そうだ。大切な時代の変わり目に、人類が本来のパワーを取り戻すための五つの『智慧《ちえ》』をひとりひとつ、記憶の中にセットして地球に生まれてきている」

「五つの『智慧』……」

どこかで聞いた言葉だと首をひねったミライの脳裏に、臨終のときのさくらの様子が蘇《よみがえ》る。

『木火土金水《もっかどごんすい》……五つの『智慧』を取り戻せ……』

さくらは確かにそう言った――。

ミライの想いを読んだように博士が続けた。

「木の智慧、火の智慧、土の智慧、金の智慧、水の智慧。その五つの封印が解かれるとき、虹の翼が蘇《よみがえ》る。そして、虹の戦士五人が一緒に飛ぶとき」

ふいにミライの口から言葉が飛び出した。

「『虹の戦士よ、ともに飛べ。五人の翼羽ばたく空に、青い海が蘇《よみがえ》る』」

ミライがつぶやくのを聞いた博士の顔がパッと輝いた。

「知ってるじゃないか！　そうなんだよ。ミライ君、君は、その虹の戦士百十一人のうちのひとり」

「僕が……!?」信じられないという顔でミライがつぶやいた。

博士は真剣な顔で頷《うなず》くと、断言した。

「君たち、虹の戦士が五人一緒に空を飛ぶとき、青い海が蘇《よみがえ》ると言われている」

「飛ぶって……僕は翼があったって飛べないですよ」

　ミライの戸惑いは最高潮に達した。

「虹の智慧《ちえ》を取り戻すと飛べるようになるんだ」

「虹の智慧を取り戻すと飛べる……？」

「青い海が蘇《よみがえ》る？」ヤマトも驚いて身を乗り出した。

「そうだ。しかしそれは人類を支配して富を得ている闇の勢力、トンプソン一族にとってはあってはならないことなのだ」

「トンプソン一族が、闇の勢力なんですか⁉」

　博士は大きく頷《うなず》いた。

「奴らは、地球の人口を三分の一まで減少させないと人類が生き延びることができないと信じ込み、そのために水を汚染させるという暴挙に出た」

　ミライとヤマトは驚きのあまり息を呑んだ。

「水の汚染はトンプソンたちのしわざだっていうんですか⁉」

「その通り。トンプソン一族は、長い時間をかけて人類を抹殺《まっさつ》する方法を模索していたんだ。そして見つけたのが水だ。彼らは、水を汚染するために、ある化学物質を洗剤や農薬など生活用品に混ぜ込んだ。その化学物質を使った洗剤は洗浄効果に優れ、農薬は虫を寄せつけない非常に便利なもので世界中に広まった。そのうえ生き残った人々に、水を浄化する機械を売って巨額の富を得た。そうやって彼らは世界を支配しようとしている」

「ひどい……」

ミライは言葉を失った。

博士は構わず言葉を継いだ。

「しかし、虹の戦士があらわれると青い海が戻ってくるという言い伝えがあった。青い海は綺麗《きれい》な水の象徴だ。そのことを怖れたトンプソン一族は有史以来、虹の戦士があらわれるたび抹殺《まっさつ》したり、記憶を消し能力を閉じ込め奪ってきた」

信じられない思いで聞いているミライの手を、博士は改めて取った。情熱のすべてを込めるようにギュッと握りしめる。

「頼む、虹の翼を持つ仲間を探してくれ！　五人の戦士を！　君がいるから残りは四人だ！」

博士はそう言うと深々と頭をさげた。そして、また、ひとつ「ヒック」としゃっくりをした。

ミライは困惑して言った。

「……僕にそんな力があるなんて信じられないです」

そんなミライを説得するように博士が情熱を爆発させた。

「君、虹の翼がどれだけパワフルか知らないからだよ！　仏教の教本に『七難即滅七福即生』、七色を一度に持つと七つの災い――火難、水難、風難、旱魃《かんばつ》、盗難、太陽、星の異変――から身を守り、七つの幸運を招くと書いてある。それは虹の翼の力に基づいた教えなんだ。日本史上最高の天才とも言われる空海は、虹の戦士のことを知っていたらしい。だから修行の厳しい旅のときには、虹の翼の力にあやかろうとして、七色の小物を身につけた。この地球という星の異変の今こそ『虹の智慧《ちえ》』が必要なんだ！」

「そう言われても、僕の翼は閉じたまま、どう扱ったらいいのかわからないし。記憶にセットした『智慧』ってやつもぜんぜん実感がないっていうか……」

困り果てたミライに、ヤマトが苛立った声で口をはさんだ。

「こいつ、ほんとに翼のこと、なんにも知らない。どうやったら、この翼を開いて飛べるのかもわからないいんだ」

博士は「なんとしても君にその翼で飛んでもらわないと……」と自分に言い聞かせるように言うと、「ちょっと小難しい話になるが聞いて欲しい」と、ずり下がった眼鏡《めがね》をかけなおした。

「今から説明するのは量子力学で『もっとも美しい実験』と言われた『二重スリット

実験』で証明された理論なのだが」

博士の口調がきりりとしたものになった。さっきまでのロレツが回らない酔っ払いとは思えない自信に溢《あふ》れている。

「この世界のあらゆる物質はすべて『素粒子』でできている。つまり物質を細分化していくと、最後にたどり着くのが素粒子なんだ。しかし1923年、フランスの理論物理学者、ド・ブロイは『物質は粒子であると同時に波、波動である』という理論を発表、その後、実験的にも証明された。ここにある机や建物や、山や人間、すべて、粒子でできていて、それは波動でもあるということなんだ」

ミライはちんぷんかんぷんだったが、ヤマトは興味深そうに身を乗り出し聴いている。

「そして、ここからが面白いのだが……」

博士は得意げにまくしたてた。

「二重スリット実験で、観測装置を置いた途端、素粒子の一種、電子のあり方が変わったんだ。電子は、波動的な振る舞いをする一方、観測するという行為によって、粒子的な振る舞いになる」

「見ているときと、見ていないときで、物質のもっとも小さい単位は変化してるってことですか？　そんな馬鹿な……」ミライが疑いの声を出した。

ミライはヤマトと、意味がまったくわからないという視線を交《か》わし合った。

博士は大きく腕を振って力説する。

「イギリスの理論物理学者、スティーブン・ホーキングたち物理学の世界観の中では『時空は観測者の数だけ存在する』と言われる。みんながひとつの世界、ひとつの現実を共有しているのではなく、人それぞれが違う世界、固有の現実を見ているということだ。つまり、それを見ている人間の主観、考えが世界をつくる、現実化する、物質化するということだと私は考えている」

「考えが現実化する？」

「思いが三次元に物質としてあらわれるってことだ」

博士の言うことが飲み込めず黙っているふたりに、博士は改めて向き合った。

「私は……」

博士は言葉を切ると、強い信念をこめて言った。

「知っているんだ。目に見えるこの現実のすべてがホログラムだと……」

「ホログラム？」

「立体映像。この三次元は我々の意識が映し出している思考の影のようなもの」

ミライが頭を抱えて叫んだ。

「博士、もっとわかるように説明してください！」

「二重スリットの実験でも言ったように、物質の最小単位の素粒子は物質である粒子であるときと、ただの波動のときがある。そして人間が意識すると物質化する。つまり人間がフォーカスすることが現実になる。量子力学が証明しているのは、心が物質をつくるということ。つまり現実を創り出しているのは、我々の意識だと、私は仮説を立てている、いや、確信していると言ってもいい」

ミライは、やっと少し、博士の説明がわかったような気がした。

「僕たちがフォーカスするから、モヤモヤしている雲みたいな状態が形になる。それは見る人の意識によって変わるってことですか？」

「その通り、心が現実を創るんだ。心がどう思っているか、その前提によって、人の現実が変わる。自分のことを素晴らしいと思っていたら、その証拠が集まってくる。人生も自分を素晴らしいと思わせてくれる現実が起こる。でも、自分のことをダメだと思っていると、それに見合った現実を引き起こすんだ」

「マジか、信じられないな」ヤマトが不信感いっぱいで言った。

「これは長年の私の研究テーマのひとつなんだ。しかしまだ、物質がなぜ目に見える粒子性と、見えない波動性の二重性を持っているかを明確に説明できていない。本当にすまない」

博士は深々と頭をさげた。

「そんな……博士が謝らなくても……」

びっくりしたミライに、博士は今にも泣きそうな顔を向けた。

「いや私は……君たちが来るまでに納得できる説明をしようと思って研究してきたのに……ううう、悔しい……」

そう言うと、おいおい泣き始めた。

「泣き上戸かよ。笑って泣いて、忙しすぎる」ヤマトが苦笑した。

「私は、今日の日を、虹の戦士があらわれるのを、ずっとずっと待っていたんだ。毎日毎日たったひとりで……やっと、君があらわれたというのに、まだ結果を出せてない」

ミライは、博士が子供のように泣くので何も言えなくなった。博士の長い間の孤独が胸にしみる。

「けどあんたの理屈じゃ、自分は素晴らしい研究者だって信じれば、もっといい結果が出たってことだろ」

ヤマトのその言葉を聞いた途端、博士はますます激しく嗚咽《おえつ》し始めた。

「そうなんだよ、その通りなんだよぉ。けどねぇ、私は、自分が素晴らしい研究者だって信じられないんだぁ」

そう言いながら博士は鼻をかんだ。そして、またしゃっくりをした。

「ったく、忙しいねぇ」

呆れたようにつぶやくヤマトを遮《さえぎ》って、ミライが心の中の疑問を口にした。

「博士……僕は、博士の理論を聞いてわからないことがあるんです。あなたは、心で思ったことが現実になると言う。でも僕は、僕たちの心は、この街が海に沈むような……こんな現実を創りたいなんて思ってないはずです。なのに、どうして？」

博士がいっそう肩を落として答えた。

「それは、みんなが、自分の心が現実を創るということを知らないから。自分の意識がフォーカスすることが、粒子になって結晶化しホログラムになるって知らないから……みんな、不安や怖ればかりに意識を向けている。そうしたら、不安や怖いことが現実になって当然だ」

落ち込んだ声で博士は言った。

「社会というものは、ひとりひとりの意識の集まり、無意識の集合で形作られている。それが今は怖れをベースにできあがっている。もしも、みんなが意識を変えて、注意を向ける方向を変えたら、未来を変えられる。それができる虹の戦士がミライ君、君なんだ」

ミライは博士の言うことを消化しきれない。

博士が祈るようにミライをじっと見つめた。

「虹の翼を持つ者を見つけ出し、彼らがひとつずつ持っている『虹の智慧《ちえ》』の封印を解く。すると閉じていた翼が開く。虹の翼を取り戻した虹の戦士五人が一緒に空を飛ぶ。そうすれば、海はまた青くなる」

(本当なのだろうか？　あの黒く濁った海が蒼《あお》さを取り戻す？　青い海が戻ってくる？　あの、泳ぐだけで自由を感じさせてくれた海が⁉　海の民も貧困に喘《あえ》ぐことなく漁ができる⁉)

心が希望で沸き立った。するとどうだろう、不思議なことに増していた右上腕部の痛みがすっと消えた。

「どうかしたのかね？」

ミライは右上腕部を押さえて答えた。

「このあたりがどんどん痛くなっていたんです。でも青い海を思い浮かべたら、痛みが消えた……なんでだろう？」

博士がふと思い浮かんだように言葉を出した。

「いつから痛くなった？」

「もう五年くらい前から徐々に……でも病院じゃどこも悪くないって言われて……」

「五年前っていったら海が黒く汚れ始めた頃だな」ヤマトが口をはさんだ。

博士がずれていた黒縁眼鏡《めがね》を持ち上げながら言った。

「ひとつの可能性だが……君の持ってる智慧は『水』かもしれん。それで身体が水の汚染とリンクしてるってことが考えられる」

「水とリンク……？」

「だったら、このまま海が汚れたら、こいつ、ヤバいんじゃないのか」

ヤマトのその言葉がズキンとミライの胸に響いた。

「そうかもしれない……今、凄《すご》く痛くなったから……」

ミライは戻ってきた激痛に歯を食いしばった。

「青い海を取り戻したら、ミライ君も元気になる――」

「でも、虹の翼を持ってる人なんて、今まで見たことも逢ったこともないのにどうやって……」

戸惑い口調でつぶやくミライに博士が答えた。

「残念ながら現存している虹の戦士はミライ君、君ひとりかもしれない」

「え!?」

ミライとヤマトは驚いて博士を見つめる。虹の戦士がミライひとりしかいないのなら、五人一緒に飛ぶことなどできるはずもないではないか――。

「おそらく、他の虹の戦士は死んだか、翼を折られたか、もう機能していないと思う」

厳しい顔で告げた博士が、ミライをじっと見つめて意味ありげに口を開く。

「過去に虹の戦士がまだ十数人は生き残っていた時代がある」

「十数人……⁉」

「いつだよ、それは？」

「2017年あたり。そのあたりの数年間は、虹の翼の噂《うわさ》をよく聞いた。そのたびに飛んで行って調べたんだが会うことはできなかった」

「2017年って僕が生まれた年だ……でも、そんな昔に虹の戦士がいたってどうすることもできないですよ？」

博士がグイッとミライを見つめる。

ミライは、なんだろうと見返した。その視線を避けるように目をそらすと博士が言った。

「行ける、過去に。あ、いや、行けると思うと言ったらいいか……」

「虹の翼を持ってる者は過去に行けるはずだ。俺はそう聞いた」

「いや、虹の翼を持ってるだけではダメなんだ。次元と空間を超えることができるのは、虹の戦士の羽が開いたときだけ。ミライ君の翼は閉じているから飛ぶことができない」

「どうしたら飛べるようになるんですか？」

「君が虹の智慧《ちえ》を思い出し、本当の自分を取り戻したら飛べる」

「本当の自分……？」

ミライは、しばらくうつむき考えた末に顔をあげた。

虹の戦士を探しに行こう、と思った。もうここにいても希望はない。たったひとつの心の支えだった、さくらももういないのだ。そして青い海を取り戻し、自分も元気になれるのなら挑戦したい……。

ミライの決意を察したように博士が口を開いた。

「過去には、私のつくったタイムマシンでなら行ける」

「タイムマシン!?」

ミライは思わず素《す》っ頓狂《とんきょう》な声をあげてしまった。一瞬でもこの男の言うことを信じた自分がバカだった。そんなSFみたいなものが、この世に存在するわけがない。意識が現実を創るという話は信じられなくもないが、この酒臭い息を吐く男が、そんな天才的な発明をするとは考えられない。

ミライの思いに気づいたように、ヤマトが壁の表彰状を顎《あご》で指した。

確かにそこにはたくさんの発明の証拠が並んではいる。しかし……まさか過去にさかのぼれるなんて……それも生まれたばかりの自分がいる時代にだぞ……。ミライは心の中で毒づいた。

体《てい》よく断る理由を探そうと、博士の目の中を覗《のぞ》き込んだ。嘘《うそ》をついたらすぐにわかるように。

「博士は……どうしてそんなにいろんなことを知ってるんですか？　虹の戦士のこと……どうして何年もかけて、虹の翼を持つ者を待っていたんですか？」

突然、博士の顔が歪《ゆが》んだ。しかし泣かなかった。泣き上戸の博士が歯を食いしばっている。泣くこともできないほど心が痛んでいるのだ、とミライは思った。

ヤマトもそんな博士の様子をじっと見ている。

沈黙が流れた。一瞬だったのに、長い長い空白の時間。

肚《はら》を決めたように博士が口を開いた。

「私もかつて虹の翼を持っていたんだ――」

「え!?」

ミライとヤマトは、あまりに突拍子もない返答に同時に声をあげた。

「この生ではない。この前の生で……」

「まさか前世とか？」

ヤマトがうさんくさそうに訊《き》いたにもかかわらず、博士は大まじめだった。

「そのまさかなんだ。この人生の二十九歳のとき、大学の研究室にいた頃のことだ。そのときしていた人口増加への対策の研究がうまくいかず、毎日毎日仮説をたて、寝る時間も惜しんでいた。そのせいで、ある日居眠り運転をし、トラックと正面衝突してしまった。気がついたら、私は病院のベッドの傍《かたわ》らに立っていた。驚いたことにベッドには私が寝ていて、両親が泣きながらこの手を握っていた。話しかけても気づいてもらえない。そうしてわかったんだ。私が肉体から抜け出てスピリットの状態になっているのが」

「もしかして……臨死体験ってやつ？」ヤマトが口をはさんだ。

「そうだ。目の前にハヤブサがあらわれた。そして私のスピリットに言った。ついて来いと。スピリットの状態では次元を超えてどこでも行けた。そして連れて行かれたのが前世だった。そこで知ったんだ……私の前世、ミヒャエルには虹の翼があったことを……」

「え、それで⁉　ミヒャエルさんは飛べたんですか⁉」

「いや……」

勢い込んだミライの問いかけに、博士は苦しそうに首を横に振った。

「彼の翼は閉じていたし、そもそも飛びたいとも思っていなかった……。翼を負担に思っていたんだ」

「どうして……？」

ミライは好奇心にかられた。自分と同じ境遇の者の気持ちを知りたかった。

「私……いや、ミヒャエルは自分の持っていた『虹の智慧《ちえ》』にも気づいていた。実験用に飼っていたネズミが病気になって、寝ずに看病してた夜に突然封印が解けたようだ。それは『土の智慧』だった。彼はその智慧を知りながら誰にも話さなかった……秘密にした」

　途切れそうになる話の先をヤマトが促した。

「なぜ⁉」

「私はそのとき、アルベルト・アインシュタインの一番弟子だった」

「アインシュタインって相対性理論の？」

　ミライは、アインシュタインの舌を出している写真を思い出した。偉い物理学者のオチャメなしぐさに心がなごんだものだ。そのアインシュタインの弟子だった、それも臨死体験でそのことを知ったというからどこまで奇想天外なのか。

「どうして秘密にしたんだ？」

　ヤマトの質問でミライは我に返った。

「アインシュタイン先生は、量子力学の理論に反対だった。『神はサイコロを振らない』という言葉は有名だが、先生は観察者のあるなしによって物質が変化するという奇妙さをどこまでも批判し続けた。自然は人間とは独立した美しい秩序を持っているという強い信念があったんだ。ミヒャエル、つまり私は先生に反旗を翻《ひるがえ》して『心が物質界に影響を与える、つまり心が現実を創る』ということを話すことができなかった。アインシュタイン先生に破門されるのが怖かった……。それに私自身、その主張に強い確信があって、その理由が虹の翼を持っているからだという気がして余計に抵抗があった……」

「もしかして……ミヒャエルが持っていた『土の智慧《ちえ》』が……?」

ミライの目と博士の目がぴたりとあった。

今度は博士は視線をそらさなかった。

「心が現実を創る、ということだ」

ヤマトが感情のこもらない声で言った。

「その智慧を封印してしまった前世を悔いて、あんたはここで虹の翼を持つ者が来ることを待ってたってわけか」

博士は頷《うなず》いた。

「もしも私が勇気を出して、このことを人類に伝えていたら、水が汚染されることもなく、ポールシフトも起こらなかったかもしれないと思うとたまらない……。でもアインシュタイン先生も同じ後悔を抱えていたことを、先生の死後二十年秘密にされていた娘リーゼルへの手紙で知った。先生は、この宇宙の現象の背後には必ず強力なエネルギー『愛』があり、何もかもを超越する能力であることを確信されていた。あの偉大なアインシュタイン先生でさえ、目に見えない、科学で証明できないことを主張するのが怖かったんだ。私や、先生や、いや、きっと、気づいているのに表現しなかった多くの人の臆病さが、人類を滅亡に向かわせたと言ってもいい……そうして私はハヤブサに祈り続けた。私にもう一度翼を与えて欲しい。それが叶わないのなら、『虹の戦士』をここに導いて欲しいとね」

博士はうつむいて床の一点を見つめたと思うと、深く長い息を吐いた。

「お願いだ、ミライ君。2017年に戻って、虹の戦士を見つけてくれ。あの時代には戦士がたくさんいたのに、今の私には翼がなくて何もできなかった。そして『虹の智慧《ちえ》』の封印を解き、地球の未来を変えて欲しい」

「僕に……そんなことが……できるでしょうか？」

ミライは不安だった。しかしこのまま何もしなかったなら、遅かれ早かれ自分たち海の民は死ぬだろう。右上腕部の痛みもひどくなっていくに違いない。いや、それどころか、さくらと博士の予言が正しければ、人類は絶滅する。

博士が何か言いかけた。それを遮《さえぎ》るようにヤマトが言った。

「できるんじゃないの。お前がやるって決めたなら。そーゆーことでしょ。博士？あんたが言った量子力学の小難しい話で言いたいことは？」

「はい、はい、その通りです。ヒック」

突然出た博士のしゃっくりに、ミライは噴《ふ》き出した。

「博士、ここ、かっこいい感動シーンなのに、なんではずすかな」

ミライの言葉に、博士はハッと顔をあげた。

「じゃあ⁉」

「行きます、過去へ。虹の戦士を探しに。僕は青い海を取り戻したい」

ヤマトが立ち上がった。

「俺も連れていってくれ」

「え？」

ミライがヤマトを見た。

「約束したろ。俺を過去に連れていくって。博士、2017年に虹の戦士が五人あらわれたら、それ以降の歴史って変わるんだよね？」

ヤマトが今までにない真剣な眼差しで博士に問うた。

博士は大きく頷《うなず》いた。

「五人の虹の戦士が一緒に空を飛ぶとき、歴史は大きく変わる。未来はまったく違ったものになる。それも人類の幸せなほうに」

「タイムマシンはふたりで乗っても大丈夫ですか？」

ミライが訊《き》くと、博士はオッケーサインをして見せる。

「タイムマシンの重量制限は百五十キロ。君たちが向こうで太らなければ」

ミライはホッとした。やっぱりひとりは心細い。知り合ったばかりでも、すべての事情を知っているヤマトの存在は頼もしかった。

こうして——ミライとヤマトの虹の戦士を探す旅が始まった。

そして、それは見知らぬ自分に出逢う心の冒険でもあった。

第二の翼「堕ちた天使」

夜が明けて、博士がミライとヤマトを案内したのは洗濯場だった。

そこにある洗濯機を見た途端、ヤマトが眉《まゆ》をひそめた。

「もしかして、SFで出てくるように、タイムマシンは洗濯機ってことじゃないよな?」

それは、2035年にはレトロになった業務用全自動洗濯機。縦横八十センチ、高さ一メートルほどで色はグレー。

「よくわかったね、ヤマト君。タイムマシンは昔から洗濯機と決まってる。なんといっても敵に見破られにくい。マシンは洗濯機がまし～ん」

博士はウキウキと、洗濯機に取り付けたつまみで年号と日付をセットしている。

「さぶっ」

ヤマトは遠慮なく博士に毒づいたが、ミライはオヤジギャグを飛ばす博士を微笑ましく思った。知性に溢《あふ》れていながらオヤジギャグが好きな博士の、それを披露《ひろう》する相手もいない孤独な生活は、どれほど寂しいものだったろう。アルコールに逃げて寂しさをまぎらわそうとしてしまったことも頷《うなず》ける。

ミライとヤマトは洗濯機の中にふたりで入った。ミライは背中に小さく折りたたんだウインドサーフィンのボードを背負っている。ただでさえ狭い洗濯機の中は窮屈極まりないが、これはさくらの形見だ。ひと時も放したくない。

博士が祈るような眼差しでふたりを見つめた。

「グッド　ラック」

「僕たちが帰って来るまで禁酒だよぉ、博士」

ミライが極度の緊張を緩めようとわざと冗談めかして言った。

言い終わらないうちに洗濯機が変な音を立てて振動し始めたと思ったら、ふたりは何かがねじまがったような空間をいくつも超えていった。耳の奥がグワングワンと奇妙な反響を起こして、脳が破裂しそうだ。これがあと数分でも続くと気が狂うかもしれない。それほど強烈な奇妙な感覚だった。

ミライが耐え切れず叫び声をあげそうになったとき、やっと振動が緩やかになり、気味悪い感覚が薄まってきた。そして止まった。

「着いたんじゃないか？」

ヤマトが外の気配を窺《うかが》いながら囁《ささや》いた。

ミライが洗濯機の蓋《ふた》を開けようとするのを、ヤマトが肩をそっと押さえて止めた。

何やら音が聞こえる。

ゴーゴー、ゴーゴー。

「なんの音？」

「わからない」

ヤマトがそーっと洗濯機の蓋《ふた》を開ける。

ミライが首を伸ばして外を見て「げ！」と声をあげた。

なんと、洗濯機のそばの床に白衣を着た博士が転がっている。その手にはウイスキーの瓶がしっかりと握られていて、どうやら呑んだくれて眠ってしまったようだ。

ミライはため息をついた。

「もう〜、禁酒するって約束したのに」

ヤマトがミライの腕を引っ張った。

「違うよ。よく見ろ」

ミライは洗濯機から飛び出ると、博士をマジマジと見た。

「あ、髪の毛が増えてる！」

薄くなっていた博士の頭頂には、黒々と毛髪がはえている。そして肌にも艶《つや》がある。

どう見たって二十歳は若い。

「……もしかして、ここ2017年？」

ヤマトも洗濯機からジャンプして出ると、イキイキした声で言った。

「すげぇ！　マジで過去に来たらしい……！」

そのとき、博士がうーんと声をあげると、ふっと目を開けた。

ふたりに気づき慌てて立ち上がる博士の目が、ミライの背にくぎ付けになった。

「ああ――――！　あ、あ、あ、あなたは虹の戦士!?　未来から来たんですか!?」

「そうです。２０３５年のあなたに頼まれて、虹の戦士を見つけに来ました」

ミライが答えると、博士の目にみるみる涙が浮かんだ。

「ってことは、タイムマシン完成したってこと!?」

博士は、忽然《こつぜん》とそこに出現した洗濯機に気づくと、大きく万歳をして叫んだ。

「マシンが完成、歓声をあげる！」

ヤマトがガクリと肩を落とした。

ミライは苦笑をこらえて言った。

「博士、２０３５年になっても、オヤジギャグのセンス、全然進化してなかったけど、タイムマシンは完成してました」

ミライは、２０３５年の博士から預かったタイムマシンの作成図を差し出した。

「ひゃーっ！　すごい！」

ひとしきり、目を輝かせ作成図を見ていた博士がふいに訊《たず》ねた。

「それで、それで、私はどうなってた？　幸せに暮らしていた？」

ミライは、どう答えたらいいかわからなくて黙った。

人は、今日よりも明日、明日よりもその先が明るくいいものであって欲しいと祈っている。そこに希望があるから今日を生きられるんじゃないだろうか。

それがこれから二十年、あなたはここでひとりで暮らし、研究は続けてタイムマシンを完成させたものの、寂しさと孤独と罪の意識でアルコール依存症になっています、そのうえ人類は滅亡の危機です、なんて予言されたら……何を支えに生きていけばいいのかわからなくならないか。

「幸せですよ、博士は。自分の信じる道を選んで生きてる。俺は尊敬してる」

ヤマトが迷いのない声で言うのを聞いて、ミライはハッとヤマトを正視した。

クールで博士を揶揄《やゆ》するように、茶々ばかり入れていたヤマトが、博士の生き方を肯定している。博士の人生を幸せだと言い切っている。大げさでも同情でもなく本心でそう思っているのだ。

だがミライには、博士が幸せには思えなかった。自分が見る博士と、ヤマトが見る博士。同じ博士でも捉《とら》え方が違う。なぜだろう？　それはもしかしたら、幸せというものの定義が違うからかもしれないと、ミライは思った。

（〝幸せ〟とはなんだろう？）

ミライは、自分が幸せだと感じたときのことを思い出した。

寒い冬の日、さくらがつくったほかほか湯気をたてる飴湯《あめゆ》をひとくち口に含んだ瞬間。

ウインドサーフィンで風と一体となり溶けたとき。

蕾《つぼみ》だった小さな花が開いた朝。

まだ海が青かった頃、その海に真っ赤な夕陽が映って、それがあまりにも綺麗《きれい》で胸がいっぱいになった。胸から溢《あふ》れるものの大きさをどうしていいかわからずにミライは大泣きした。さくらが大笑いして、ミライを抱きしめ頬と頬をあわせたあのとき。

ミライが思う幸せな瞬間はどれも小さなものだったけれど、そこには必ずさくらがいた。そして、青い海と空があった。

ミライの感じる「幸せ」には人との絆《きずな》があり、お日さまに干したあたたかな布団のような匂いがする。

（でも、もう、ひとりぼっちだ――）

ミライの心がズキンと痛んだ。

どこにも、さくらはいない。

ミライが幸せを感じることは二度とないのかもしれない。そう思うと、さくらを亡くした哀しみが今更のように襲ってきた。さくらが亡くなってから、あまりにいろんなことがありすぎて現実感がなかったその死が、胸を塞《ふさ》ぐ。

(僕はすべて失ってしまった……)

身体の奥から強烈な孤独感が襲ってくる。


ミライは一風変わった子供だった。学校に行かなかったことが原因ではない。さくらは、ミライに同じ年頃の友達ができるよう心を尽くしてくれた。

 しかし心のすべてを明かせる友はできなかった。もちろん一緒に遊んで無邪気に楽しかったことはある。だが、どこか、自分のことは誰にもわかってもらえない、「ひとり」なのだという思いが消えることはなかった。それはミライが抱える、ある「事情」のせいだったかもしれない。

ミライはいろいろなことが視《み》えすぎ、感じすぎた。

天候の変化を読むのが得意なように、人の心も読めてしまう。読みたくなくても〝わかって〟しまうのだ。

口で言うことと、おなかにあることが違う人がいて、どちらを信じたらいいのか混乱してしまうことも多い。たとえば頼まれごとをして「嫌だ」とか「めんどくさい」と思っているのに、口では「いいですよ」と笑顔で返す人がいた。その相反する二重のメッセージを同時に感じ取ってしまう。そのことがミライを疲弊《ひへい》させた。もちろんそういう特質が、海の民に次のリーダーだと慕わせた要因だが、ミライ自身は人の本心が、そして嘘《うそ》がわかることで傷ついていた。

そしてひとりでいるのを好むようになった。

そんなミライを理解し、あたたかく見守ってくれた唯一の人がさくらだった。

しかし、そのさくらも何か言いたいことを残したまま逝《い》ってしまった。それはなんだったのか？　ミライが血のつながった孫ではないことと関係しているのか？

頭の中を数々の疑問がうごめいている。

ふっと我に返ると、ヤマトがじっとミライを見ていた。

ふたりに向かって、この国の未来の状況を懸命に質問している博士を無視して、ヤマトがミライに訊いた。

「お前、大丈夫？」

訊ねられてミライは狼狽《ろうばい》した。ヤマトの存在を急に近くに感じる。ミライの心に寄り添おうとしてくれている。常に人を自分の心に入れないよう境界線を張り巡らせているように見えるヤマトが！

戸惑いながら問い返した。

「え……なんで？」

「や、いいんだ」

ヤマトはそう言うと、ふたりが洗濯機からあらわれた感動でいっぱいになっている博士を振り返った。

「虹の戦士を探してきます」

「この街でも虹の翼を持ってる男の子を見かけたことがある。走っているバスの中からだったから、降りて必死で探したけど見失ってしまった」

博士はそう言うと「よろしくお願いします」と深々と頭をさげた。


ミライとヤマトが、博士の山小屋から出てまず気がついたのは「音」だった。この世界ではさまざまな音が耳に響いてくる。セミの鳴き声、鳥の羽ばたき、車の騒音。それらが混在して生き生きとしたハーモニーになっている。動物たちが死に絶えた2035年の森はしんと静まり返り、時折響く、風が樹を揺らす音は不吉な予感をさせた。


小屋の表の棚田を下り、森を抜けて驚いた。

その山頂からふたりの暮らす街が——正確に言えば「過去の街」が見えた。

それは2032年のポールシフトが起こる前の光景だった。2035年には海に沈んで跡形もなくなった海岸沿いの街並みが広がっている。

そして青々とした海が、燦々《さんさん》と輝く太陽の光を浴びてキラキラと輝いている。

当然、山手エリアと海岸エリアを隔《へだ》てる壁の線もない。広く開けた街並みに人々の暮らしが始まろうとしていた。

ふたりが立っている山もムンムンした生命力の匂いがする。緑の葉っぱが命の喜びに息づいている。鳥の囀《さえず》りが聞こえた。見上げると、とんびやカラスが悠々《ゆうゆう》と上空を飛んでいる。

「ああ」

ミライの口から感嘆の声が漏れた。

生きている。

いや、生かされている、という強い想いが溢《あふ》れて、胸の奥から熱いごろんとした塊《かたまり》があがってくる。喉《のど》まであがると、それは涙となって溢《あふ》れ出た。その激しさに立っていることもできなくなって膝を折った。

「僕……僕は、この世界を取り戻したい……」

言葉にしないではいられない。

「僕は、この手で、世界を取り戻す。失ってしまったこの景色を、もう一度、この地上に」

「ああ。俺も手伝う」

ミライはヤマトを見た。

ヤマトの目も潤《うる》んでいた。いつも暗い、どこか冷たい鋼《はがね》の刃を思わせる彼の眼差しに血が通ったようだった。見られるのを嫌がってぷいと横を向いてしまう前に、ミライはしっかりと見届けた。

ミライは、ヤマトのことをほとんど知らない。ナイフを突きつけてまで、なぜ過去に行こうと迫ったのか。謎だらけだ。しかし、このときミライは、ヤマトの心と自分の心がつながったのを感じた。

ヤマトは口から出す言葉とおなかの中が一致している。博士との会話でもいっさいの嘘《うそ》がなかった。そんな人間はさくら以外で初めてだ。

人は多かれ少なかれ嘘をつく。それは決して悪気からだけではなく、たいていはいい人に見られたいという思いからだ。ミライには居心地悪くて仕方なかったそれが、ヤマトにはない。

「はーっ」と、ミライは大きく息を吐いた。

「ひとりじゃない」小さなつぶやきが口からポンと出る。

「ん？」

ヤマトが何？　というふうにミライを見た。

ミライはヤマトの手を取った。ヤマトの手は見た目は細長い指をしているのに、触るとがっしりと安心感があった。

「僕たちはひとりじゃない……」

ヤマトが照れ隠しのようにふっと笑って付け加えた。

「ああ、恐ろしく寒いギャグを連発するオヤジもいる」

「うん！」

ミライは頷《うなず》いた。自分の中にあった、固くて溶けない氷のような孤独感がふわっと緩《ゆる》んだ気がする。

ミライの翼は閉じたまま。だが、心は空を飛んでいけそうだ。

「わ――――！」

叫びながら街に向かって駆け下りた。

ヤマトの足音が後ろから来る。大地を踏みしめる足音。ヤマトには何か確かなものがある。その確かさがミライをホッとさせた。なぜだろう、初めて味方を得たような感覚。あれほど海の民には「王子」と慕われてきたのに、これほどまで共に歩いている気持ちには至らなかった。海の民は、ミライをリーダーとして認めてはいたが、誰ひとり、ミライの心を覗《のぞ》き込もうとしてくれる者はいなかった。

「お前、大丈夫？」とヤマトが訊ねたとき。あのときのヤマトの眼差し。あれはさくらが自分を心にかけてくれるときと同じだった。さくらが逝《い》ってから迷い込んでいた闇に、一条の光が射したような気がする。ミライの心は沸き立った。仲間の存在が、導かねばならない重荷ではなく、勇気をくれるものだと感じたのは初めてだった。

街は活気に満ちていた。

夏のはじまりは、海水浴客の運んでくるウキウキした気分で満ちている。

海が汚れてしまってから、そんな気分を忘れていたミライとヤマトは、懐かしさに目を細めた。深く息を吸い込むと、幼かった頃吸ったのと同じ空気が胸に流れ込んでくる。

「海の近くに行ってみたいんだけど……」

博士が見かけた虹の翼を持つ男の子がどこにいるのか見当もつかない。けれどこの街にはさくらがいるはず。もしかしたら、あの赤ん坊だった自分を抱いた女とも逢えるかもしれない……。

ミライは不安の入り混じった期待を胸に、ヤマトと肩を並べて海岸への道を下りていった。

潮の香りが強くなる。

とんびが舞っている。

波の音が聞こえてきた。

ビーチハウスの流すハワイアンミュージック。

ビーチサンダルだけが売り物のひなびたショップ。

浮き輪を抱えてスキップするように歩く水着姿のカップル。

写真を自撮りする高校生のグループ。

スマートフォンの画面に見入ってしきりと指を動かしている小学生。

海が毒々しく汚れてしまう前まで普通にあった日常が息づいている。

胸が懐かしさにドキドキ弾《はじ》けて自然に駆け足になる。

海へ――。

「ミライ」

ヤマトもミライを追いかける。

大きな別荘の脇道をまっすぐ行くと海があるはず。

(早く！　早く！　早く行かないと、海に沈んでしまうんだ！　この美しい平和がなくなってしまう！)

海に沈んだ現実はずっと未来のはずなのに、気が急《せ》いた。

細い住宅街を抜けたら松林が広がっている。

そして、その向こうに、青い海が待っていた。

「ウオ～！」腹の底から歓喜の声が飛び出してくる。

「ワ――ッ！」

ヤマトも大声で叫んで、Tシャツをかなぐり捨て、海に向かって駆けて行く。なんと用意がいいことか、ヤマトはシャツの下にマリンスポーツ用のアンダーウエア、ラッシュガードを着ている。

ミライは、急に立ち止まると、そのヤマトの後ろ姿を羨《うらや》ましげに見た。

ヤマトが不審げに立ち止まった。

「どうした？」

「いや、いいんだ」

ミライは、無理やり笑みをつくると、行けよと言うふうにヤマトに手を振った。

ヤマトはまっすぐ海に飛び込んだ。

白い水しぶきがあがる。

ヤマトの顔に白い歯が覗《のぞ》いた。

その笑顔を美しいと、ミライは思った。ヤマトは出会ってからずっと微笑みは不要だとでも言うように、冷たい雰囲気をまとっていた。そのヤマトが晴れやかな顔で子供のようにはしゃいでいる。そうさせてしまう力がこの海にはある。

この平和な、日常にあると思っていたもの——海や空の自然はもちろん、たわいもない会話や、子供を遊ばせるママの優しい指先、手をつなぐ恋人たちの背中、脂肪がついたまんまるおなかのビキニ姿。肩甲骨《けんこうこつ》がくっきり見える女の子の背についた日焼けのあと、砂浜に投げ出されたネイルの小瓶。そんな日常の風景が、なんと、とんでもなく大切なものだったことか。

全部失った今だからわかる。

なんでもない「普通」のことが、かけがえのないものだった。

泳げないヤマトがたどたどしく、しかし楽しそうにクロールしているのを見て目頭が熱くなる。

(僕たちは、こんな命の源を滅ぼしてしまったのだ。2017年の今なら間に合う。虹の戦士を探すことができたなら)

そのとき、ミライは気がついた。この時代に来てから、右上腕部の痛みが消えている。そっとTシャツの胸元から中を覗《のぞ》くと、黒い変色は跡形もない。博士が言ったように、ミライの身体は水に連動しているから、海が青いこの時代では痛まないのだろうか？

弾んだ気持ちに押されて、背中の翼を広げようとしてみる。

——ダメだった。長く隠され閉じていた翼は飛ぶことを忘れたのだ。

翼があるのに飛べない天使。小さな翼はなんの役にも立たない無用の長物。

そう思うと滑稽《こっけい》になってクスクス笑った。博士の変なお笑いセンスが伝染したみたい。

「何がそんなにおかしいの？」

見上げるとヤマトが立っている。濡れた髪から海水が滴《したた》る。その水滴に光があたってキラキラ輝いている。

そのヤマトを見た瞬間、心臓がドキンと音を立てた。胸の奥の奥の奥で、何かが芽生えた。そしてそこから弾むような感覚が溢《あふ》れ出した。もう二度とつかむことはないと思っていた「幸せ」という感覚――。

眩《まぶ》しげにヤマトを見上げていたミライは、いつまでもそのままでいたい気持ちを退けるようにピョンと立ち上がると、「行こう」とヤマトを促して足取り軽く歩き始めた。

海岸線を少し歩いたところに広場があったはずだ。さくらは、いつもそこで網の補修をしていた。そして、その背後には、海に沈む日まで暮らした小さな平屋の借家があるはず。

歩き出したふたりは、海岸のはずれの一角に人だかりができているのに気づいて歩み寄った。

怒声が聞こえてくる。

肩に入れ墨の入った荒々しい男たち三人が、釣りに来た若い観光客にからんでいる。

「おめえの投げた釣り針でケガしたって言ってんだよ！　どうしてくれるのかなぁ」

派手なアロハシャツを肩にかけた男が凄《すご》むように、釣り人の鼻先に顔をつけた。

若い釣り人が必死で言い返す。

「僕の投げた釣り針は、あなたたちから遠く離れてました。変な言いがかりはやめてください」

「言いがかりだとぉ!? こりゃあ、俺たちを嘘《うそ》つきだって言うのか!」

三人が釣り人を囲んで頭を小突き始めた。

そのときだった。三人にバシャーンと水がかけられた。

驚いて見ると、バケツを手に持ったひとりの海女《あま》が立っている。

「何しやがるんだ、てめえ!」

リーダー格の角刈りの男が、海女に向かっていくと首根っこをつかもうとした。

その手をするりとかわして海女が言った。

「ここは、あんたたちみたいな奴がのさばっていいとこじゃないの」

「なんだと!」

三人が海女を取り囲んだ。

ミライは、その海女の顔を改めて見て驚いた。それは、さくらだった。髪は白髪まじりだが、若々しく、背筋もすっと伸びている。

ミライが飛び出そうとしたとき、さくらが男たちを怒鳴りつけた。

「あんたたち恥ずかしくないの!? それだけ気張れる体力も気合もあって、こんなばぁさんに凄《すご》んだりして。帰りな」

その啖呵《たんか》が合図になったように、誰かが叫び始めた。

「帰れ！ 帰れ！ 帰れ！」

数人から沸き起こった帰れコールが響き渡り、多くの人が面白がって一緒に唱え始める。

三人組の男たちはいたたまれなくなったのか、捨て台詞《ぜりふ》を吐いて立ち去った。

「かっこいいな、あの人」

そう言うヤマトに、あれは自分の祖母だと言おうとしたときだった。目の端で野次馬の中から立ち去る女の後ろ姿をとらえた。

ミライは慌てて女を追ったが、人混みで見失ってしまった。

追って来たヤマトが訊《たず》ねた。

「知り合い？」

「いや……」

答えながら確信していた。あれは、さくらが亡くなる寸前見せられた、記憶の中の女だ。ミライだと思われる赤ん坊をさくらに手渡していた——。

(あれは……自分の母親……？)

浮かび上がる疑問を振り切るように、ミライはヤマトに言った。

「ここには虹の戦士はいない。博士は男の子だって言ってた。学校に行ってみよう」

　ふたりは学校に向かいながら、２０３５年には壁があるあたりを歩いていることに気がついた。

「わー、壁がないって清々するねぇ！」

　ミライは、山手エリアまで見通せる広い視界に感動して言った。

　山々もまた、２０３５年の枯れた赤茶けた色ではなく、青々と木々が繁っている。

　ヤマトも相槌《あいづち》をうった。

「距離まで近く感じる」

「ねぇ、壁ができたのっていつだっけ？」

「俺が小学校三年のとき。俺、海の奴らと仲良かったのに。壁ができた日に山上の新しい小学校に転校させられた。それ以来一度も会ってない」

「……壁ができなかったら、僕とヤマト、同じ小学校だったんだよな」

　ミライは自分が小学校に行かなかったことには触れずに言った。

　ここには、もしも青い海がそのままだったなら、山の民と海の民との分裂がなかったらあったかもしれない、もうひとつの生が息づいていた。それをもっと味わいたかった。

小学校に着いたのは昼休みだった。給食を食べ終わった児童たちが校庭で遊んでいる。三、四年生くらいの子供たちがかくれんぼをしていた。

ミライは訊ねた。

「ヤマト、かくれんぼで隠れるの、うまかったでしょ?」

ヤマトは頷《うなず》いた。

「一度、みんな見つけてくれなくて俺寝ちゃって、夜になっても帰ってこないって大騒ぎになった」

ヤマトの思い出話を聞きながら、ミライは羨《うらや》ましい気持ちを抑えられなかった。なぜなら、ミライはかくれんぼができなかったから。ミライはなぜか、子供たちがどこに隠れているのかわかってしまう。そのせいでミライとのかくれんぼを嫌がる子供もいた。だからといってわからないふりをして遊ぶのは苦痛だった。ミライが、結局、「ひとり」を選んだのは、そんな理由もある。

「不思議だな。今までかくれんぼしてる人を羨《うらや》ましいなんて思ったことなかったのに……。ヤマトとかくれんぼしたかったなぁ」

ミライはつい口から出た正直な気持ちに驚いた。もしも壁ができなかったなら、そんなこともあったかもしれない憧れ――。あのバカデカい冷たい石の壁は、この街の何もかもを変えてしまったのだ。

（もしもあの壁がなかったら……、壁をつくらなければならないほど貧富の差が激しくならなければ……、人と人が互いを怖《おそ》れ合うことがなければ……、ポールシフトも起こらなかったかもしれない。博士が言ったように心が現実を創り出すのなら、平和で助け合う人たちの集合意識が映し出す世界とはどんなものだったのだろう）

ひとりの少年が、子供たちから仲間はずれにされているのに、ふたりは気づいた。

「ケント、どこに隠れてるか当てちゃうんだもん、つまんないよ」

そう言われた、かくれんぼに入れてもらえないケントと呼ばれた少年は、うつむいて寂しさに耐えている。

「お前ら、仲間に入れてやれよ！」ヤマトが叫んだ。

子供たちが目を見開いて、校庭脇から叱るヤマトを見た。

ケントが校舎のほうに駆け出した。ヤマトが口出ししたことで、スポットライトを唐突に浴びたときのような居心地の悪さを感じたのか。

その後ろ姿を見たミライとヤマトは、ハッと姿勢を正した。さらによく見ようと目をこらしたが、ケントの姿は校舎の中に消えてしまった。

「見たか!?」

ヤマトの勢い込んだ問いに、ミライも大きく頷《うなず》いた。

「うん、あったよね、翼！」

「ああ、小さいが確かに七色だ！」

あのケントと呼ばれた少年は虹の戦士だ。

ふたりは放課後が来るのを待った。

ガヤガヤと音がして、子供たちが一斉に出て来る。

多くの子供たちがグループ下校したあとに、ケントはひとり、とぼとぼと歩いてきた。

「ケント君、話があるんだけど」

ミライが近づくと、ケントはミライの背後を見て顔をこわばらせた。

「見えるんだね、僕の翼が？　君にもあるよね？」

ケントは必死で首を横に振って否定した。

「ぼ、ぼ、僕には、そんなものはありません！」

「ケント君、怖がらなくていいんだよ。僕も同じだから」

「ないって言ってんだろ！」

「ケント君！」

後ずさりして逃げようとするケントの腕を思わずつかんだミライの脳裏に映像が飛び込んできた。まるでテレビドラマのワンシーンを見るように、ケントの記憶の追体験が始まった。さくらが亡くなったときに起こったのと同じだった。

　ケントは授業を受けていた。大好きな算数。しかし先生が教える内容は退屈すぎる。あまりにもケントが既に知っていることばかりだったのだ。授業とは関係のない数式をノートに書き込んでいくのが面白くて夢中になっている。

　ミライはその数式を見て驚いた。ケントは数学の天才に違いない。

　先生がケントを指したが、没頭しているケントは気づかない。しびれを切らして先生がケントのところにやって来てノートを覗《のぞ》き込んだ。

『なんだ、落書きして。ダメじゃないか』とノートを乱暴な手つきで取り上げようとする。

『返して！』ケントは必死で取り返そうとした。

　ノートを渡すまいと抵抗する先生の手が、ケントの背中の翼に絡《から》んだ。翼が見えない先生が無意識に引っ張ったのか。

　激痛が走ったのだろう、ケントが頭を両手で押さえて悲鳴をあげた。

『きゃ――――っ！』

　ケントの声は学校中に響き渡り、先生や児童たちが集まって来た。

ミライは息が詰まる思いで、そのケントが体験したシーンを観ていた。

突然シーンが切り替わると、病院だった。

白衣の医師の前に、ケントが、母親だと思われる女性と並んで座っている。

『アスペルガー症候群ですね』

『アスペルガーって……？』

『自閉症のひとつのタイプです。薬を出しておきますが、今日のように学校で叫びだしたりするようでしたら、また来てください』

ケントは母親の手を握って必死で訴えた。

『僕、病気じゃないよ。先生の手に背中の翼がひっかかっただけだよ』

耳を傾けている医師に、母親が苦笑いして言った。

『いつもこうなんです。翼がどうのこうのって……これも病気の症状でしょうか？』

『そうですね。幻覚が続くようなら入院治療に切り替えましょう』

入院と聞いたケントは驚いて、口を真一文字にぎゅっと結んだ。

口を開けば大声で泣いてしまう。誰も僕の翼が見えないんだ……。いや、翼があるように感じる僕はきっと頭がおかしい……。

そう思っているケントの気持ちまでもがありありとミライの中に流れ込んで、胸が潰《つぶ》れそうになる。

（この子は、虹の翼があることを誰にも信じてもらえなくて苦しんできた――）

ミライの脳裏にさくらの言葉が蘇《よみがえ》った。

『虹の翼を持つ者には邪悪なことが起こる』

（あれはどういう意味だったのだろう？　こんなケントのような思いをさせないために、ばぁちゃんはミライの翼を隠したのか？）

考えていると、ヤマトがケントに近づいて言った。

「ケント、虹の翼を持ってることは悪いことじゃないんだ」

見上げたケントが、いきなりヤマトを指差した。

「死神だ！　お前はみんなを向こうの世界に連れていく！　死神！」

いきなりケントが石を拾うと投げつけた。

石はヤマトの顔面を直撃し、目の端が切れ、血が流れた。

それを見て怯《おび》えたようにケントが逃げ出していくが、ミライは追うことができない。

「大丈夫？」

心配して歩み寄るミライにヤマトが叫んだ。

「追いかけろ！」

ミライはヤマトの表情を見て足を止めた。ヤマトは驚くほど傷ついた顔をしている。哀しみと心の痛みでいっぱいの瞳の色。

(何がそれほどまでに、この男《ひと》を追い詰めたのか⁉)

ヤマトが隠すように顔を伏せて、有無を言わさない強い調子で言った。

「早く追うんだ!」

ミライは哀しげに首を振った。

「あの子、翼をないものにしようとしてる。それがあの子の生きる術《すべ》なんだよ」

「せっかく見つけたんだぞ!」

「あの子は翼があることで傷ついてる! 僕はばぁちゃんが翼を隠してくれたから、あんな思いはしなかったけど、それでもわかるんだ。翼があることで、どれだけ大変だったか! この翼は呪《のろ》いかもしれない!」

「んなこと言ってる場合か! ここは海に沈むんだぞ! それでもいいのか!」

「良くないっ。だけど、本当に救えるって、虹の翼にそんな力があるってどうして信じられる? 僕だって飛べないのに! あの子が飛べるってどうして言えるんだ!」

「ミライ、お前たちだけなんだぞ! 人類を救えるのは!」

ミライはうつむいた。

「信じられないんだ。そんな力があるなんて。ヤマトは、どうして信じられる⁉ 博士が言ったから!? ヤマトは翼がはえてないから簡単に信じられるんだ。こんなものがあっても、飛べなかったら僕はただのバケモノだ。あの子も自分のことをそう感じてる。そっとしておいたほうがいいんだ」

「俺は、あの子がこのままで幸せだなんてとうてい思えない！」

「僕だってなんとかできるならしたいよ！　だけど、あの賢いばぁちゃんがこの翼を隠したんだ！　翼がないほうが幸せだって思ったから！　あの子だって翼がないふりで生きていけるなら、そうしたほうがいい」

「そんなことない！　ミライ、絶対にそんなことない！　お前には可能性があるんだぞ！　その翼使って生きるって選択肢が！」

ヤマトが熱を帯びて叫ぶように言った。

「ヤマトにはわからないよ！　こんなものを突然背負わされた気持ちなんか！」

ミライは無性に哀しかった。ケントに触れて感じた彼の哀しみと絶望が、自分の身体をすっぽりと包んでいる。

「あの子は、この社会に順応して生きようとしている。それを邪魔する権利があるのか！」

「お前言ったじゃないか。青い海を取り戻したいって！　世界を救いたいって！　あれ、嘘だったのか！」

ヤマトの声に侮蔑《ぶべつ》が混じっている。決意してやって来たのに、早々に挫《くじ》けているミライを軽蔑しているのだ。

もちろん嘘なんかじゃなかった。この時代に戻って、この平和な街に、青い海に触れたとき、心が沸いた。救われた。戻りたいと魂が叫んだ。博士から話を聞いたとき、自分にそんな力が備わっているなら、ぜひそうしたい、そうしなければいけないとも思った。だが現実的になればなるほど、自分ごときがそんな大それたことをできるのかという不安のほうが強くなった。翼を持ったことで、あれほど傷ついてしまった少年の心を、どうやって開くというのだ!?

ミライは、混乱した気持ちを表現する言葉を持たない自分自身に苛立った。

ヤマトがその苛立ちに煽《あお》られたかのように、ミライの胸倉をつかんだ。

「おい、わかってるのか！　お前にはやるべきことがある！　やらなきゃいけないんだ！」

「やめてくれ！」

ミライがあまりに激しくヤマトの腕を振り払ったので、彼の胸を殴る形になってしまった。

咄嗟《とっさ》にヤマトが殴り返してきた。

ミライはカッとなった。殴られたことが余計に哀しみを増幅させる。ヤマトだけはわかってくれると思ったのに！

絶望感がミライを貫き、拳骨《げんこつ》でヤマトに殴りかかった。

ヤマトがミライの腕を止める。互いにつかみ合った。

土の上をごろごろと夢中になって転がる。

ふいにヤマトが動きを止めた。奇妙な顔をしてミライを見る。

ヤマトは、ミライの胸をつかんでいた両手を離して、信じられないという口調で言った。

「お前、女なのか⁉」

ハッとミライは胸を抱えた。

恥ずかしさがカッと顔にあがってくる。

なんと答えたらいいのかわからない。さらしで巻いた胸がうとましかった。

「ぼ、僕は」

なんとか言い逃れようとしたときだった。

黒いスモークガラスのワゴン車が猛スピードで突っ込んできた。

咄嗟《とっさ》によけるふたりに、向きを変えて執拗《しつよう》に迫ってくる。

慌ててそばにあった役場の建物の中に逃げ込むと、ワゴン車から黒ずくめの男たちが四人、バラバラと降りてきた。

「なんだ⁉」

ヤマトが訳がわからないというふうに叫んだ。

ふたりは、役場の階段をあがりながら後ろを振り返った。

建物の中に入って来た男がふたりに気がつき、「あっちだ！」と他の男たちに指差した。

「逃げろ！」

階段を飛び跳ねるように駆け上がるミライとヤマトの後を、男たちが駆け上がってくる。

「なんなんだよ！」

「あいつら僕たちを追ってきてる！」

息を切らせながら必死で最上階まで駆け上がり、ドアを開いて屋上に出たふたりは顔を見合わせた。

「やべえ……」

「突き当たりだ……！」

「あいつらがここに来たら逃げ場がない！」

ふたりは血相を変えて外から扉を閉めると、開けられないようにベンチを積み上げ固定した。

男たちの荒い足音が迫って来る！

ガンガンガン！

「開けろ！」

「逃げても無駄だ！」

そんな怒号の中、ベンチの重しはもろくも崩され、男たちがなだれ込んできた。

「くそっ」

ヤマトがつぶやくと、ミライをかばうように男たちの前に立った。

「俺たちになんの用だ？」

そのヤマトの姿に、ミライはおののいた。今まで窮地に立たされたときのヤマトの反応とは明らかに違う。

（ヤマトは、僕が女だと知って守ろうとしている……！）

ミライは、その衝撃に一瞬、男たちに追われている恐怖を忘れるほどだった。

しかし、男たちは、獲物を捕獲するのを楽しむように、ゆっくりと近づいてくる。

絶体絶命だった――。

第三の翼「傷ついた翼たち」

「三つ数えたら海からの風が吹く」

ミライが突然、ヤマトの背に囁《ささや》いた。

「一、二、三！」

今にも黒い男たちの手がふたりにかかろうというそのとき、ミライの持ったウインドサーフィンの帆《セイル》がバーンと開いた。

「ヤマト乗って！」

ミライは、ヤマトの腕を取って、ボードの上に引き上げた。

男たちが驚いてのけぞった瞬間、ミライの予告通り吹いてきた強風に乗って、ウインドサーフィンで二階から飛び降りた。

「なんだ、あれは⁉」

初めて見る奇妙な光景に、男たちは一瞬唖然《あぜん》とした。

「追え！　追うんだ！」

ふたりを追うためにバラバラと男たちが走り出した。

ふたりを乗せたウインドサーフィンは、ミライの舵取りで地上に難なく着地した。

「あそこに隠れろ！」

ヤマトが、停まっていたトラックの陰にミライを連れて隠れた。

男たちがバラバラと出て来る。

「どこ行った⁉」

「まだ遠くには行ってないはずだ。捜せ！」

「殺すなという命令だが、こうなったらかまわん。見つけたら手段を選ぶな！」

そんな男たちの声が聞こえて、ミライとヤマトはゾッと顔を見合わせた。

ミライの歯が恐怖でガチガチと音を立てそうになる。

付近を捜して見つからないと思ったのか、男たちはワゴン車に乗って立ち去った。

震えそうになる声を必死でこらえてミライが口を開く。

「何者、あいつら？」

「考えられるのは……」

ヤマトが言いにくそうに下を向いた。

「僕に虹の翼があるから……？」

「そう考えるのが妥当だな」

ヤマトはそう答えたあとで、ミライの恐怖心をやわらげるためなのか、ミライが腕に抱いたウインドサーフィンのボードを見て言った。

「どこで操縦習ったの？　ウインドで地上に着地するなんて普通ムリだろ」

「習ってないよ。乗ってみたらできたんだ」

「そうか、天才だな、お前」

ミライはなんと答えたらいいのかわからず黙っていた。ヤマトの自分に対する扱いが微妙に変わっている。さっきかばってくれたのもそうだが、自分が男ならウインドサーフィンの操縦をどこで習ったかなど訊くだろうか。

（どうして男のふりをしているのか訊かれたらどうしよう……）

ミライは身構えたが、ヤマトは何も訊かず歩き出した。

ホッと胸を撫《な》でおろし、ミライは思った。

（なぜなのか訊かれても、自分でも答えることができないんだ――）

ミライは幼い頃から男として育てられた。さくらから、女であることを誰にも明かしてはいけないと言い聞かされてきた。なぜかと理由を問うこともせず、言われるがまま男として生きてきたのだ。誰にも疑われたことはなかった。そして、ミライ自身、華やかに着飾って群れ歩く同年代の女性たちを見ても、「羨《うらや》ましい」と思ったこともない。海をひとりで渡るほうに心が躍った。

不満があるとしたら、思春期を迎えてふくらんできた胸を隠すために巻いているさらしを毎晩解くとき、そして毎朝再び巻くとき、男にはないその儀式をうとましく思うことと、水着で海水浴に行けないことだけだった。

ミライとヤマトは、できるだけ人目に触れないように大通りを避け、小さな脇道を通って博士の家にたどり着いた。

ふたりから黒ずくめの男たちに襲われたと聞いた博士は、真っ青になった。

「やっぱり噂《うわさ》は本当だったんだ……！」

「噂？」

眉《まゆ》をひそめるヤマトに博士が、緊張を帯びた声で説明を始めた。

「数年前から黒い集団に人がさらわれているという噂があるんだ。そのさらわれた人間の背中に翼があったというのを聞いて、噂の出所を探ったんだがわからなかった。誰かが組織的に、虹の戦士を捕《と》らえようとしているに違いない」

「トンプソン一族だ、その黒い集団は」

ヤマトが断言すると、顔を引き締めた博士が訊《たず》ねた。

「トンプソン一族って、世界の政治から経済まで動かしていると噂される、あのトンプソン？」

「2035年に僕たちは、博士からそのことを教えてもらったんです。トンプソン一族が虹の戦士を抹殺《まっさつ》してるって……」

「トンプソン一族が敵だとなると大変だ……おそらく最先端の科学技術を用いて、肉眼では見えない翼を持った虹の戦士を特定しているに違いない」

高まる緊張を振り払うように、博士はハーッと長い息を吐いた。

ヤマトが覚悟を決めたように「奴らの狙いはミライだろう。明日からは、俺だけで虹の戦士を探しに外に出る」と拳《こぶし》に力を入れた。

「私はパソコンで手助けできるように待機しよう」

ミライは黙ったままヤマトを見た。虹の戦士探しを中止したいと言うミライとの言い争いに答えは出ていなかったはず。

ヤマトがミライをじっと見返して言った。

「トンプソン一族が狙ってるなら、一刻も早く虹の戦士を見つけて助けてやらないと……」

ミライは首をかしげて即答を避けた。虹の戦士たちは狙われているからこそ、ケントのように身を隠しているのではないか。

「見つけたら僕も会いに行く。虹の翼を持ってることが、身の危険を伴うというのはわかった。慎重に行動しよう」

ミライは、改めてヤマトに先走るなと釘を刺した。

「ふたりともおなかすいたでしょう。今日は、橘島の海でいいタコが獲《と》れたから、地中海鍋を作ったんだよ。いやー、久しぶりだなぁ。誰かと一緒に食事をするなんて」

博士がトマトで煮込んだ真っ赤なスープ鍋を運んできた。中にはタコだけでなく、エビやはまぐりなどの魚介類がたっぷり入っている。

ミライはマジマジと鍋の中を見つめた。ミライの記憶の中で、魚介類を食べたのは遠い昔だ。トマトも最近は見ることさえない。

「橘島のタコかぁ」

ヤマトが懐かしそうにつぶやくのを耳に止めて、博士が不思議そうにふたりを見た。

「やはり海はそんなに汚染されているのですか？　２０３５年には……」

ミライはなんと答えたらいいのかわからず口ごもった。しかしいつまでも黙っておけることでもない。博士のことを本当に考えたら、これから起こることを話しておいたほうがいい。

ミライがそう心に決めて口を開こうとしたとき、ヤマトが語り始めた。

「博士、俺たちがいる２０３５年には魚介類は全滅、トマトなどの農産物もほとんど穫《と》れなくなってる」

「え!?」

博士は一瞬ハッとしたが、ある程度予測していたのだろう、厳しい顔を無理に柔和につくって、「だったら尚更《なおさら》冷めないうちに食べよう。君たちにとって久しぶりのご馳走《ちそう》だろうから」と、ふたりにスープをよそってくれた。

ミライは三年ぶりといってもいいご馳走《ちそう》を口いっぱいに頬張った。新鮮なトマトと海の幸の香りがふわっと広がる。あまりに懐かしくて泣きそうだ。海がまだ綺麗《きれい》だった頃、海女《あま》だったさくらは毎晩夕食に海の幸を振る舞ってくれた。日向町のある御崎半島はサザエやアワビ、ウニなどが豊富に獲《と》れ、その上さくらの料理の腕も確かだったから、食卓は一流の料理屋にも劣らなかった。海の風味はさくらの思い出と直結している。

涙が零《こぼ》れないようぐっと我慢して、わざとごくごく音を立ててスープを飲む。

「豪快だなぁ。男子はそうでなくちゃ」

博士のその「男子」という言葉にびくりと反応したミライは思わずヤマトを見た。ヤマトは一瞬ミライを見返したが、ぷいっと視線をはずしてしまった。

ミライは期せずして嘘《うそ》をついている状況になってしまったことがいたたまれず、ガツガツ平らげると「おかわり！」と、椀《わん》を差し出した。

博士は喜んで、いそいそよそっている。

「このトマトは、私がつくったんだ。自給自足をしないとまずいのではと予感があってな。トマト美味《おい》しすぎて箸が止まっ、となんつって」

ミライが声を出して笑った。意外なことにヤマトも噴《ふ》き出した。決して面白いわけではなかった。ふたりとも、こんなせつない状況で元気を出そうとオヤジギャグを連発する博士の心意気にのったのだ。

博士も腹を抱え、からからと笑う三人の声が山小屋に響きわたる。

ひとしきり笑い終わるとヤマトが言った。

「博士、自給自足はこのまま続けて。住むところもここがいい」

それから続くヤマトの話に、博士は静かに耳を傾けた。

ヤマトは、これから地球で起こること、トンプソン一族によって水が汚染され、生態系が壊れ、ポールシフトが起こることなどを淡々と語った。

博士は動揺したのか時々眼鏡《めがね》を何度もはずし拭いたが、最後まで冷静さを失わず耳を傾けた。そして数個の鋭い質問をした後、覚悟を決めたように居住まいを正した。

「2035年に生物も存続できないほど水が汚染されているということは、『虹の戦士よ、ともに飛べ。五人の翼羽ばたく空に、青い海が蘇《よみがえ》る』という言い伝えは、水が再生することを象徴しているのだな。今後の人類の運命を、ミライ君が、いや、ヤマト君も私も背負っているということだ。私にできることはなんでもする。一緒に力を合わせて違った未来が訪れるよう頑張ろう」

博士は昼間に用意しておいたのだと、二個の携帯電話を出した。それは四角い形のスマートフォンで、昼間小学生が夢中で画面を見ていたものだ。

「ふたりとも携帯電話があったほうがいい。私のナンバーはメモリーしておいた」

ミライが携帯電話を手に取ってびっくりした。

「重っ。2017年の携帯って、こんなにデカくて大きかったんだ⁉　持ち運ぶの大変！」

「2035年はどうなってるんだい？」博士が好奇心に目を輝かせた。

「小さな腕時計型になって、軽くて、希望者は腕の中に埋め込める」

「腕の中に⁉　手術か何かで⁉」

「そう。でも、2032年のポールシフトで電気がこなくなって一気に使えなくなっちゃった。使用できているのは、山手エリアの人たちだけ」

ミライは答えながら、山手エリアに暮らすヤマトをちらりと見た。

2017年型の携帯電話を珍しそうに扱っていたヤマトが訊ねた。

「小学生が画面見て楽しそうに操作してたけど……？」

「ああ、携帯ゲームが大流行でね。多くの人が夢中になってる」と博士が言った。

ミライはこの時代と、たった十数年先の未来とのギャップに怖気《おじけ》づいた。携帯ゲームに心も時間も奪われるなんて、2035年を生きる自分たちにはありえない。明日の命もわからない日々を送るミライには、バーチャルな世界を楽しめる時代の平穏を羨《うらや》ましく思い、同時に、たった十数年で世界が激変してしまうことを、人々が何も気づいていないことに危機感を覚えるのだった。

翌日、ヤマトは朝早く出かけていった。どうやって虹の戦士を探すつもりなのだろうとミライは気になったが、あえて訊《たず》ねなかった。タイムマシンを完成させるのだと意気込んで洗濯機に首をつっ込む博士の代わりに、畑仕事と棚田の草取りをした。博士の畑には、ミライが幼い頃にしか見たことのない野菜が、所狭しと収穫されるのを待っている。

細長い形で表面にツブツブがある緑の野菜が何か知りたくて携帯電話で検索したら、「きゅうり」とあった。一本もいでかぶりついてみる。瑞々《みずみず》しく青々した匂いが鼻腔をつく。

そのとき、携帯電話がブルブル震えた。「ヤマト」と表示が出ている。

出たミライの耳に、ヤマトの興奮した声が飛び込んでくる。

「虹の翼、見つけた」

携帯電話を切ると、ミライは空を見上げた。

風はない。こんな日がミライは苦手だ。それでもお守りのようにしているウインドサーフィンのボードをしょって山道をおりていった。

ヤマトがミライに来るように指定してきたのは、博士が暮らす町から一時間ほど電車に揺られ移動した場所だった。その都市の埋め立て地にできた巨大なコンサートホールの表で、ヤマトは待っていた。

ミライがやって来たのを見ると、ヤマトは黙って劇場の中に入っていく。ミライも続いた。まわりは男性ばかり、ちらほら若い女性客もいる。どうやら今日はこの時代でもっとも売れているというアイドルグループ「ザナドゥ」のライブらしい。

席についたミライに、ヤマトが小声で囁《ささや》いた。

「出演する中にいるはずなんだ」

「どうやって見つけたの？」

「一日中、家電量販店に並んだテレビを眺めてた」

「虹の翼を持った子が映らないかって？　いたの？」

「ああ」

ヤマトは頷《うなず》いて続けた。

「十六歳のアイドルだ」

「でも……」ミライが戸惑って言葉を切った。

「何？」ヤマトがミライを見た。

「こんな仕事してたら僕たちだけじゃなく、トンプソン一族に見つけられてしまう可能性があるんじゃ……」

　ミライはゾクッと身を震わせた。黒ずくめの男たちに襲われたときの恐怖が蘇《よみがえ》る。あの男たちは非情だ。翼が見つかったら、ただではすまないに違いない。

「そうだよな……俺もそれを不思議に思ってた……」

　テンポのいい音楽が鳴り始めると、色とりどりのスポットライトが乱舞する。

　ステージ上に十人の人影が並んだ。ひときわ音楽が華やかに奏でられた瞬間、ステージが明るく照らされ、女の子たちがステップしながら歌い始めると、何千人もの観客が一斉にわーっと歓声をあげた。

　ミライとヤマトは息を呑んだ。白いふわふわしたミニ丈のドレスを着た若い女性たち全員の背に、七色の翼がある。

「これは……！」ヤマトが当惑した声をあげた。

「本物はひとりだろ。あとの子は衣装だよ」

　ミライが言うのに、ヤマトは頷《うなず》いた。

「俺がテレビで見たのはトワって子。でも、これじゃわからないな」

　ミライはひとりずつ見ていった。センターに、吸い寄せられるように注目してしまう女の子がいた。大きく開いた胸元から、零《こぼ》れるように白い乳房の半分をためらいもなく見せている官能的な少女。

「あの子だ」

ためらいなく指差すミライを、ヤマトが不思議そうに見る。

「どうしてわかる？」

「……あの娘《こ》の翼だけ、光って見える」

終演後の楽屋口は、「出待ち」と言われるアイドルたちを一目拝もうと待つファンでいっぱいだった。その人混みを抜けて、ヤマトとミライは楽屋受付にたどり着いた。

「トワさんに会いたいんですが」

うさんくさいものを見るように受付係の男が「ダメ、ダメ」と片手をシッシッと振った。

「違うんです。俺たちはファンじゃなくて……。マネージャーさんでもいいです。大事な用事があるって伝えてもらえませんか」

懸命に訴えるヤマトを無視して、受付係は出てくるアイドルたちに声をかけた。

「お疲れさん！　今日も最高！」

ミライとヤマトは、アイドルたちの中にサングラスをかけた少女を見つけた。

ステージを降りた今も彼女の背には翼がある。固く閉じているが、とても美しい翼だ。

「トワさん！　話を聞いてください！」

トワがこちらを見た。ミライはぐいっと身を乗り出す。

トワは確かにミライを見た。しかし何事もなかったかのように、すいっと顔をそむけ出て行ってしまった。

「トワさん！」

あとを追おうとするミライとヤマトの前に、受付係が立ちはだかる。

「よく来るんだよ、あんたたちみたいなの。はっきり言って迷惑だから」

そう言って、ふたりに向かって突進してきた。ミライとヤマトはしぶしぶホールをあとにした。

ヤマトは博士の家に戻ると、コンピューターにかじりついた。

「あの子、僕の翼見たはずなんだよ。なのにシカトしたんだ。ケント君と同じだ」

ミライは、憤慨《ふんがい》した気持ちをぶつけるように腹筋運動を始めた。

博士がつぶやいた。

「虹の戦士を捕らえようとしているトンプソン一族が、どうして彼女を自由にさせているのか——」

博士はDVDでトワの所属するアイドルグループ「ザナドゥ」の映像を見ている。

そのグループは、翼を背中につけた天使というコンセプトで売っていた。

「やった、見つけた」

ヤマトが満足そうな声をあげると、何かをプリントアウトし始めた。

「何を見つけたんだい、ヤマト君？」

ヤマトが映像を顎《あご》で指して言った。

「ザナドゥに入るオーディション。これをミライが受ける」

「え!?」

ミライは腹筋運動をやめて飛び上がった。

プリンターから吐き出された詳細を見ながら博士が首をかしげた。

「無理でしょう。これは女性アイドルのオーディションだよ」

「だからミライが受ければいい」

ヤマトが当然だというふうにミライを見た。

ミライは怒りで顔が真っ赤になった。

「君は僕に女のふりをしろって言うのか？」

「そうだよ、ひどいよ」憤慨《ふんがい》するミライに博士が助け船を出した。

ヤマトがズバリ切り込んだ。

「何がひどいもんか。お前に男のふりさせてきたばぁちゃんのほうがよっぽどひどいだろ」

「……ばぁちゃんの悪口を言うな！」怒り心頭で握りしめた拳《こぶし》が震える。

ミライの反応に博士がぽかんとなってから、おもむろにミライを見た。

「ミライ君……君は……女の子？」

博士の妙に優しい声がかえってミライをいらつかせた。

「僕は自分を女だと思ったことはない」

「じゃあどうすんだよ！」

オーディション用の紙をヤマトがミライに突きつけた。

「絶対に嫌だ。女の格好をするなんて……」

「……」

ヤマトが穴があくほどじーっとミライの顔を見る。

「なんだよ……」

ミライは反抗するように強い眼差しで睨《にら》み返した。

ヤマトの紙を持った手がぶらんと落ちた。

「いいよ、もう……」プイっと外に出て行こうとする。

そわそわと博士があとを追った。

「ヤマト君？」

捨て台詞《ぜりふ》のようにヤマトが言った。

「俺が受ける」

「え⁉」

「俺は歴史を変えることができるなら、女の格好をするくらいなんともない」

バタン、と大きな音を立ててドアが閉まった。

ごろんとふて寝したミライを、博士が心配そうに盗み見る。

「見るな、バカ！」

ミライは口には出さなかったが、そう叫びたかった。これほど乱暴な気持ちになったのは初めてで、自分でもどう扱ったらよいのかわからない。何もかもが嫌。女であることをこれほど突きつけられたことはない。そのことも、そんなことで混乱する自分も、ヤマトをあんなふうに怒らせてしまったことも、すべてがたまらなく嫌だった。

ミライは心の中で問うた。

（ばぁちゃん……どうして僕を男として育てたの？　それほど男の子が欲しかった？

答えてくれよ……）

しかし心の中のさくらは何も言わない。さくらが自分を愛しているか疑ったことなどなかったのに、今は疑心暗鬼になっている。

女である自分。

翼がある自分。

そんな僕を育てるのが嫌だったから、受け入れられなかったから、ばぁちゃんは翼を隠し、男として育てたのか？

（いったい僕は、誰？

僕は、何者？）

虹の翼があらわれてから、否、それ以上に女であることをヤマトに知られてから、今まで自分だと信じていた像があやふやになっていく。そして、同時に自信が消えてしまった気がする。「王子」と呼ばれ、海の民に慕われ自信に満ちていた自分とはまるで別人のようだ。

思い悩むにつれ、ミライの翼は以前にもまして小さく弱々しくなっていく。

博士は、ミライの背を見つめて小さなため息をついた。大きな使命を持つ者には、担う重荷があることを知っていたのだ。神さまは、選ばれし者に押しつぶされそうなほどの重い荷を負わせ、使命を生きるにたる脚力をつけさせる。博士にできることは、ミライが早くその荷を下ろして、自由に羽を広げられるのを祈ることだけだ。

ミライが突然ガバッと跳ね起き、博士のほうを向いた。

「博士はどうしてこんな山奥に隠れてまで、虹の戦士を待っていたの？　たったひとりで寂しかったでしょう？　博士みたいに優秀だったら社会で大成功できたはずなのに……」

部屋の隅に転がるウイスキーの空き瓶を目の端に捉《とら》えながら、最初に博士から虹の戦士のことを聞いたときから抱いていた疑問を口にした。

「そうだね……私はとても成功していたからね」

博士は一瞬懐かしそうな目をしたあとで、ミライに向き直った。

「もう二度と悔いを残したくなかったんだ。アインシュタイン先生の弟子だったとき、私は先生に嫌われたくなくて、自分の確信を話さなかった。物理学者の私が、科学的に証明できないことを主張するなんて、とんでもないとも思っていた。しかしそれは自分に嘘《うそ》をつくことだった。私は変人というレッテルを貼られることが怖かったんだ。それでアインシュタイン先生からも社会からも認められ、とても成功した。今度のこの人生でもそうだった。研究は賞賛され、毎日パーティだ取材だともてはやされた。だが……」

博士は言葉を切って、自分の気持ちを確認するようにかみしめながら話した。

「あの死にかけた交通事故で、前世で使命をしくじったことを知って眠れなくなった。良心が痛んだとかそんなことじゃない。人類を幸せにするために発明をするのが、私たち学者の使命であると信じてきた。だが私が前世でしてしまったのは真逆のことだ。

このまま進むと人類が破滅するかもしれないと知りながら止められなかった。それから は……研究に価値を見いだせなくなった。使命に背いて、名声だけを求めて生きることがどれほど虚しいか……私は生きる意味を失ったんだ」

ミライはただ黙って聴いていた。

「ここに隠れたのは、虹の戦士を妨害する連中たちに見つからないためだ。だから誰とも関係をつくらずひとりでやってきた。寂しいし、やりきれないほど孤独だった。だがあのなんともいえない虚しさよりは……」

博士は首を大きく左右に振った。もう二度とあれは嫌だというように。

「でも……疑いはなかったの？　自分にそんなことができるのかって不安にならなかった？　虹の戦士自体が幻想なんじゃないかとか？」

「そうだな……疑いも不安もなかったとは言えない。だけど私は、あえて『信じる』ことを選んだ」

「あえて、選んだ？」

「そうだ」博士が大きく頷《うなず》いて続けた。

「自分自身の感覚を信じることを。怖れや不安やごちゃごちゃした気持ちが出てきても、そのたびに『信頼』を選んだ、とてもとても意識的に」

「とてもとても意識的に」

「人間はそうしないと無意識に流される。そうすると不安を選んでしまう。この地球は『分離』の星だから」

「『分離』の星？」

「陰陽、ポジティブとネガティブ、男性と女性、太陽と月、喜びと哀しみ、この星ではすべてがコインの裏表。両方いつもある、それは同時に、いつでもどちらでも、意識的に選べるということでもある」

「自分でどちらを信頼するか選べる……」

「そう！　何を信じるかがとても大事なんだ。だから自分が選ぶんだ、信じることを。だけど寂しいのはどうも苦手でねぇ、深酒しちゃうので偉そうなことは言えんがね。がはは」と博士は大きく笑った。

（僕は信頼を選べるのだろうか？）

ミライは自分に問うた。

心の中を探してみても、答えは見つからない──。

翌日ミライは、女装をしないなら行ってもいいと、オーディションを受けることをヤマトに告げた。ヤマトは「女装って」と何か続きを言いたそうだったが、ミライが無視するので黙ってしまった。

数日後、ふたりはこの街の中でももっともおしゃれなスポットと言われるエリアでのオーディションに向かった。

会場は高層タワーの一室。待合室として用意されたホールの大きな窓からは湾が見渡せた。ベイエリアのぎりぎりまで大小さまざまなビルが隙間なく建ち並んでいる。二十年もたたないうちに、この多くが海に沈んでしまうのだ。ミライは入念にメイクを施す少女たちを見ながら、未来を知らないとはなんと幸せなことなんだろうと思った。

部屋の中には大勢の人がいたが、マネージャーっぽい男性はいても、ヤマトのように若い男は皆無だった。ミライも男に見えるので、ヤマトとふたり、異常に目立つ。ハンサムなヤマトに、明らかに色目を送ってくる少女たちもいる。

オーディションが始まって十人ずつ面接室に入っていく。マネージャーも同行可だったので、ヤマトはミライの順番が巡ってくると一緒に入室した。

ミライが入った瞬間、審査席にいた数人が「おや」、という顔をした。ミライが席に着こうとすると、審査員の女性が「ちょっと、そこの君、アイドルのオーディションだってわかってるの!?」と非難した。

「わかってます」

ミライは低くくぐもった声で不承不承答えるとそっぽを向いた。

その態度が癇《かん》に障ったのか、女性審査員がヒステリックな声をあげた。

「ここは神聖なアイドルグループのオーディションなの。やる気がないなら出て行って」

ミライが留《とど》まっていると指《さ》された。

「あなた！　出て行きなさい！」

女性審査員が睨《にら》みつけている。

「ちょっと待ってください！　この子はやる気がなくて男の格好をしてるわけじゃなくて！」と、ヤマトが説明をしようとした。

しかし入ってきた警備員たちに取り囲まれ、ミライともども外に連れ出されてしまった。何が起こったのか把握もできないほど、あっという間の出来事だった。どうやらふたりは、アイドル会いたさに潜り込んだ熱狂的なファンと目されたらしい。

その巨大な高層タワーはふたりを追い払うと、すーっと華麗な音を立ててエントランスの自動ドアを閉めた。二度と門戸を開放するつもりがない厳重な雰囲気を漂わせている。

「まいったな、どうするか」

舌打ちしたヤマトが高層タワーを未練がましく見上げる。

「もういいじゃん。別の子探そうよ」

ミライが言うと、ヤマトの目に苛立ちの色が走った。

「俺、量販店でたくさんのテレビを見たんだ。あの中の数台は街の風景を映してる。何百人って通行人を見たよ。それでも見つけたのは、あのアイドルの娘《こ》だけだ」

「でも博士が、この時代には十数人いたって言ったよね？」

「……そうだけど。実際見つからないんじゃどうしようもない」

ヤマトがため息をついた。

ミライは「せめて女の子に見えるようにすれば」と言うヤマトの助言を無視したことに、ヤマトが怒っているのかもしれないと思った。

「しょうがないじゃん。嫌なものは嫌だ。生まれてからスカートなんてはいたこともないし」

そう言ったミライは、ヤマトから「お姫さまみたいなドレス着たいって思ったこと一度もないのか？」と訊《たず》ねられたとき、すぐに返答ができなかった。

そう言えば遠い埋もれた記憶の中に、そんなひとかけらの気持ちを抱いたことがある。

それは七五三のとき。五歳になったミライはさくらと一緒に神社に詣《もう》でた。綺麗《きれい》な着物やドレス姿の幼女たちが、この世で自分がもっとも美しいと信じているようにはしゃぐのを横目に、ふと自分も着てみたいと思った。

ミライは紺ジャケットにネクタイをしめていた。さくらにあれを着たいと告げるのが、なぜか大変な勇気がいったのを覚えている。

ミライの指差す先が、ひらひらしたラベンダー色のドレスだと気づいたとき、さくらの顔によぎった哀しみの色。そしてつぶやいた「ごめんよ——」。

いつもは朗《ほが》らかなはっきりした口調で話すさくらの囁《ささや》くような声を聞いたとき、自分は願ってはいけないことを言ったのだと知った。さくらにこんな顔をさせるくらいなら一生ドレスをまとわなくてかまわない。ミライは強く心に決めたのだった。

そんな忘れていたワンシーンが蘇《よみがえ》って、懐かしさよりも息苦しさが募った。やはり祖母は、自分が女であることを嫌がっていたのか。思いもかけない失望と寂寥《せきりょう》が胸に迫る。

「だってどうしようもないだろ」

言い訳をすればするほど、ふがいなくなる。虹の翼を持っている自分よりもずっとヤマトのほうが、人類を救うにたるヒーローに見える。

そんなことをミライが思っていると、ふたりの前に黒塗りの高級外車がすーっと停まった。ふたりはトンプソン一族の手下かと身構えたが、車から降りてきたのは茶色い髪をくるくると巻いたミニスカートスーツの女だった。

女はピンヒールをカツカツいわせ、ミニスカートにそぐわない大股で歩み来ると名刺を差し出した。

それには芸能事務所の名前と社長秘書という肩書き、安藤久留美という名前が金文字で刻されている。

キラキラ光る綺麗《きれい》にネイルされた指で前髪をかきあげ、久留美が言った。

「社長がお呼びです」

「社長って？」

戸惑うミライにヤマトが囁《ささや》く。

「この芸能事務所、ザナドゥの所属してるとこだ……」

自分たちはそこのオーディションからつまみ出されたばかりだ。そんなところの社長がなんの用だというのだろう？

不審がるミライの腕をつついて、ヤマトが運転手が開けた後部座席にあっさりと乗り込んだ。ミライも仕方なく続く。一番あとから助手席に乗り込んだ久留美が、携帯電話で先方の誰かに何やら告げた途端、車は走り出した。

連れていかれたのは、ベイエリアの一角にある会員制の高級ホテル。するすると昇ったエレベーターの扉が開くと、夜の帳《とばり》が降りた海上に大きな花火が打ち上がった。

十九階にあるこのバーを借り切ったのか、フロアには、普通は着て歩かないようなゴージャスなドレス姿の女たちや、尻が破れたジーンズをはいた中性的な男など、華やかで個性的な人たちで溢《あふ》れている。

もっとも奥まった席に連れていかれたふたりは、そこで白いジャケット姿の小太りの初老の男に迎えられた。

「社長のイワシロです」

久留美がふたりに男を紹介する。

イワシロはニコニコ満面の笑みで、握手の手を差し出した。

ヤマトは礼儀正しく握手したが、ミライは気づかないふりですっとぼけた。何か嫌な予感がする。ただの一度もにこりともしなかった久留美のボスなのかと疑うほど、イワシロはにこやかで愛想が良かったが、そのことがかえって気味が悪い。

「ええなぁ、あんた。一目で気に入った」

柔らかな関西弁を操りながら、イワシロは設置された数々の大型モニターを目で指した。

そのどの画面にもオーディション会場の様子が映し出されている。

イワシロが口元を不満げに歪《ゆが》めた。

「雑魚《ざこ》ばっかりや。今日は」

久留美がにこりともせず、画面を見つめながら蔑《さげす》むように答えた。

「ビルに入った瞬間から選考は始まっているって気づかない愚かな人たちですわ」

久留美の視線の先には、オーディション会場だけでなく、待合室からビルの玄関、エレベーターの中までモニターに映し出されていた。そんなことを知らない、夢に胸ふくらませた女の子が、玄関前まで吸っていた煙草の臭いを消すために、エレベーターの中で香水を大量に噴《ふ》いている。

イワシロは、ニコニコ笑顔でカモフラージュした品定めする鋭い目をミライにやった。

「やっぱ、この子好きやわぁ。お願いや。あんたをうちのスターにしたい。わしにあんたのこれからをおくれやす。トワの主演するドラマの相手役にぴったりやで」

「トワさんの相手役!?」

驚いて返事に窮するミライをフォローするように、ヤマトが口を出した。

「社長さん、ミライは女性なんです。トワさんの相手役って男性ですよね？」

「そうや。そやけどこの子どうみたって美少年や。世の中の人に騙《だま》されてもろたらええねん。みんな夢見たいんやから、夢見させるための嘘《うそ》はええ嘘、お金になる美徳の嘘や」

ミライとヤマトは思わず目を見合わせた。この男のずうずうしさはふたりの理解をはるかに超えている。どうすればいい……、ミライがヤマトに相談しようとしたときだった。

「やだ、私、女の子とラブシーンするの？」

甘ったるい声がしたと思ったら、女性がイワシロの隣にふわりと座った。目をやったミライとヤマトは言葉を失った。それは、会いたいと願っていたトワだった。

くっきりと大きな黒目にまっすぐな鼻梁《びりょう》、肉感的な唇。スレンダーなのにグラマラスな胸。

彼女の背後を見たミライとヤマトは、驚いて大きく目を見開いた。

トワの背の翼は閉じてはいたが、七色に輝くそれはあまりにも美しく幻想的で心を奪う。しかしふたり以外にそれが見えている者はいないようだ。

「トワ頼むよ。この子と組んだら、あんたの価値は倍増する。わしの目に狂いはないで」

イワシロが猫なで声で口説いた。

「そうねぇ、トワ、この子を付き人にしてくれるなら言うこと聞いてもいいわ」と顎《あご》をしゃくってヤマトを指した。

ヤマトは一瞬驚いて身を引いたが、すぐにトワに会釈をした。

「喜んで務《つと》めさせていただきます。ヤマトと申します」

トワはヤマトと視線を合わせたあとでうつむいた。長いまつげが憂《うれ》いを含んでいるように見える。細い首筋に浮き出ている静脈がなぜかとても生々しい。

「良うおましたなぁトワちゃん。王子様があらわれたみたいですがな」

イワシロが顔いっぱいに笑みを広げた。

ミライを動揺が襲った。

なぜだかわからない。

胸がドキドキして脈が速くなる。

息がつまる。

「トワ帰る。送ってヤマト」

「わかりました」

ヤマトを連れて行こうとするトワをミライが追いかける。エレベーターホールに人がいないかどうか見まわしてから、ミライはトワに迫った。

「トワさん、翼のことだけど」

ミライの言葉を最後まで聞こうともせず、口をとがらせたトワが遮《さえぎ》った。

「何言ってんの、この子」

その一言だけ吐き出すとエレベーターに乗った。

「ヤマト、何やってるの、早く」

トワに急《せ》かされヤマトも乗り込む。

ふたりを追ってエレベーターに乗り込もうとするミライを出てきたイワシロがとどめた。

「あんたは居残り。撮影は来週からやから久留美に台詞《せりふ》の特訓してもらわんと」

それから三日、ミライはその会員制ホテルの一室に、久留美と共に閉じ込められることになってしまった。

ヤマトは、事務所の車でトワを自宅マンションまで送り届けた。車中何度か話の糸口を見つけたいと話しかけたが完全無視だった。

自分を付き人にしたいと言われたとき、これでトワの懐《ふところ》に入れたと思ったのは甘かったようだ。トワは人を撥《は》ねつけ近寄らせない厳しさを持っている。ステージやテレビでニコニコ笑顔をふりまいているアイドルと同一人物とはとても思えない。

「明日の朝六時に来て」

そう言い放ち行こうとするトワに、ヤマトは声をかけた。

「その背中の翼」

トワが背を向けたまま立ち止まる。

「本当はミライの背中にもあるの、見えてるんだろ?」

おもむろにトワが振り返った。

「あのミライって子、あなたの何？」

「何って……友達だけど。俺たち、虹の翼を持ってる人を探して」

いきなりトワの唇がヤマトの言葉を途切れさせた。重なった唇に息が止まる。

「……！」

驚いたヤマトに何事もなかったようにトワが言った。

「明日は遅れないで」

そうして、一度も振り返ることなくマンションに消えた。

「やれやれ」

ヤマトはつぶやいた。ケントといいトワといい、虹の翼のことになった途端、心を閉ざしてしまう。

（どうすればいい――）

ヤマトは白く輝く月を見上げた。

時は迫っている。早く歴史の歯車を止めないと……。あと数年――。ヤマトが憂《うれ》いていたのは、はるか先の未来ではなく、ここから五、六年後の世界だった。

「絶対に変えてみせるから。待ってろ」

何者かに誓うように月に語りかけると、決意を固めるように荒々しくエンジンをかけた。

ドラマの収録が始まった。

ミライは久留美に連れられスタジオ内の楽屋に入った。久留美は、初めて会った三日前からそばにいて離れることはなかった。

「監視されてるみたいだ」

文句を言うミライに、久留美が無表情で答えた。

「監視してるのよ」

「なんで⁉ 僕子供じゃないし！」

「あなたは金の成る木になったのよ。社長の目に留まった人でスターにならなかった人はいないの」

衣装チェックをしていた久留美がふいに振り向いた。

「ところであなた、なんで男の子のふりしてるの？ もしかしてLGBT？」

「違います」

「あら、そうなの」

久留美はやけにがっかりした様子で続けた。

「男の人好きになったことあるの？」

「……」

「関係したことは？」

「……それが、何かあなたに関係があるんですか」

ドアがノックされ、入って来たADの若い男が物腰柔らかく言った。

「ミライさん、トワさんがスタジオ入りされたので、一時間ほどしたらカメラテストからお願いします」

返事しようとしたミライを遮《さえぎ》るように久留美が答えた。

「わかりました。ミライは初めてなので台詞《せりふ》短めに区切らせてもらうって、監督と脚本家に了解とってちょうだい」

ADがへつらうように頭を何度も下げながら出て行くと、久留美は鉄仮面のままミライのほうに向いた。

「気安くスタッフと口きかないの。私が全部やるから。あのね、スターになるっていうのは……」

「その話長いですか？」

「え？」

「長いなら、その前にトイレに行ってきます」

啞然《あぜん》とした久留美を置き去りにして、ミライは楽屋を出た。

廊下を歩いて行くと、並んだ楽屋のドアに出演者の名前を印刷した紙が貼られている。「トワさま」とある部屋のドアをノックしたが返事がない。中から大音量の音楽が漏れている。ノックの音が聞こえないのかもしれないと、そっとドアを開けた。

目の前にヤマトの背中。

「ヤマト、あの」

声をかけようとした。ヤマトの向こうに化粧鏡が広がっている。その鏡の中のトワと目があった。

トワはヤマトの腕の中にいた。ヤマトの厚い胸が、トワの華奢《きゃしゃ》な身体を背後からすっぽりと包んでいる。

咄嗟《とっさ》にミライは逃げ出した。早足で。心臓が音を立てる。

どうして逃げるのかわからない。ただ心が砕《くだ》けてしまった気がした。もうここにはいられない。ヤマトの顔も、トワの顔も見たくない。

スタジオから飛び出したミライは、行くあてもなく、ひとり電車に乗って博士の家に向かった。

山道を帰りながら、自分がしおれた花のようだと思った。もう咲くことはない花。そんな花には誰も見向きもしまい。誰にも必要とされない。

博士はミライの顔を一目見て、何かが起こったと気づいたのだろう。何も訊《き》かず、あったかいココアを入れてくれた。

ひとくち飲むと、甘いココアが心にしみ込んでいくようだった。

「僕、しおれた花みたいだなって自分のこと思っちゃって。はは。面白いよね、花だなんて。らしくねー」

乾いた笑い声をあげるミライに、博士が真顔で答えた。

「らしくないなんてことはありません！　ミライ君は女の子なんだ。綺麗《きれい》な花なんだ」

「え……」

思いもよらぬ博士の言葉にミライは戸惑った。なぜか言葉が溢《あふ》れ出た。

「僕、もう自分が誰で何者なのか全然わからなくって。ばぁちゃんの孫じゃなかったこととか、本当の親も知らないこととか、突然突きつけられて。なんで男として育てられたのかとか、頭ん中ぐちゃぐちゃで。どうしちゃったのって思うくらいへこんでて……でも僕が悩んでることって、へ？　っていうくらいちっちゃいことで……。人類滅亡を救うなんてでっかい目標の前に、こんなことでくよくよしてる自分に呆れるっつーか、持て余すっていうか。マジでどうしたらいいのかわからないんです」

心の奥底に閉じ込めてきた闇にスポットライトがあたり、ごちゃごちゃした気持ちがあぶりだされたようだった。

「ふと思ったんだけど……」

博士が言葉を選ぶようにゆっくりと言った。

「……ミライ君は……女性として生きたいと願っているのではないですか？」

「え⁉」

「花はね、花になっちゃうんです。どうしたって。どんなに樹木や葉っぱに憧れたって無理なんだ。花には花の、樹木には樹木の、葉っぱには葉っぱの良さがあって……それは誰とも交換なんかできなくて……だから、その、なんと言ったらいいのか、ミライ君はそのままで、もう素晴らしい未来が見えらぁなんちゃって」

ミライはこんなときでもオヤジギャグをいれて明るく振る舞う博士の気持ちがありがたかった。深刻になりたくない。でもこれほど混乱した気持ちは生まれて初めて。ヤマトとトワの抱き合っている姿が瞼《まぶた》の奥にいつまでも残っている。

ミライの携帯が鳴った。久留美からの着信を何度も無視していたが、今度はヤマトからだった。出るのを躊躇《ちゅうちょ》している気持ちを見透かすように、呼び出し音は鳴り続ける。

「もしもし……」

出たミライに、ヤマトが意外なことを告げた。

「トワが会いたいって。山の麓《ふもと》までおりてきてくれ」

トワとヤマトのふたりは、山の麓《ふもと》の公園で待っていた。

トワはやって来たミライにつかつかと歩み寄った。

バチン！　いきなりミライの頬をビンタした。

「何すんだよ！」

「あんた、仕事をなんだと思ってるの⁉　あんたが帰っちゃったおかげで今日の撮影中止になったんだよ！　今日のために何日頑張ってきたと思ってるの！」

「僕は別にあなたの相手役なんてなりたくないし」

「じゃあなんで撮影に来たのよ！　嫉妬《しっと》したんでしょ！　私とヤマトに！」

「え？」

ミライは、思ってもみなかったことを言われてトワを見た。

「ヤマトが好きなんでしょ。でも相手にされないから」

「トワ」

ヤマトがトワの発言を抑えようとする。

しかしトワの攻撃は止まらない。

「ヤマトがあんたみたいな男女《おとこおんな》相手にするわけないでしょ！」

「トワ！」

ミライに詰め寄るのを制止しようと、ヤマトがトワの腕をぐいっと引いた。

その行動がミライの胸を焼いた。ふたりにはミライに入れない親密感が漂っている。

(僕はどうしちゃったんだ……)

混乱し動揺したミライはふらついて崩れ落ちそうになった。

そのとき、トワの背の翼から七色に輝く羽が一片、ふわりと舞った。そうしてミライの肩に止まった。まるで意思を持っているかのように。トワの虹の翼は閉じてはいるが、神々しく輝いている。

ミライは、顔をあげた。

「――僕はあなたと、この翼で一緒に飛ぶために来たんです」

突然ミライが虹の翼の話を始めたものだから、トワは身を引いた。

「この地球の未来は、滅亡に向かっている。たった十八年先のことだから、あなたも生きているはずです。僕やあなたや虹の翼を持ってる者が、五人一緒に空を飛ぶことができなければ人類は滅びる。ゲームで無邪気に遊んだり、青い海で魚を追いかけたり、あなたのライブに歓声をあげる、そんなかけがえのないことが全部なくなってしまう。お願いです。あなたは虹の翼がないふり、見えないふりをしている。なぜですか？　なぜそれほどまで頑《かたく》なに虹の翼を隠そうとするんだ？　あなたの翼はこんなに輝いているのに」

ヤマトが口を出した。

「頼むよトワ。俺たち、未来からやって来たんだ」

「未来から？」

「2035年から」

トワの不信感を解くためだろう、ヤマトが2032年発行の身分証を差し出した。

トワは、それを見ながら眉《まゆ》をひそめて言った。

「2035年は、私たちの未来は……そんなことになっているの……？」

「……海はどす黒く街を覆《おお》っている。動物たちは死に絶え、人と人はいがみ合い、少ない食料や燃料を奪い合って戦争している」

「なんてこと……」トワが唇をかんだ。

ミライは手の中の羽を差し出して言った。

「あなたの翼は本当に美しいです。僕のは見ての通り、しおれた花みたい。僕も飛びたいんです。飛び方を教えてください」

「……私の翼も二度と開かない」トワは目を伏せてつぶやいた。

「え⁉」

ミライとヤマトは身を乗り出した。

「なぜ⁉」ヤマトが問うた。

「一緒に来て」

そう言うとトワは足早に車に向かって、その白く細い足を踏み出した。背中の翼が誘うようにゆらりと揺れた。

トワが向かったのは、車で二時間ほど走った山深いところにある大きな施設だった。鬱蒼《うっそう》とした森の中に、ぽつんと白い二階建ての洋館が建っている。

「ここは何？」ミライが訊ねた。

「病院」

トワはそれだけ言うと、係の者に案内を乞うた。トワは常連の見舞客のようで「見学したい」と言うと、あっさりと通された。

案内する白い制服を着たスタッフは、ジャラジャラと重そうな鍵束《かぎたば》を手にしている。

「入院病棟」というプレートがある棟の鍵を開けて入る。病棟の廊下にも鍵がかかっている鉄の扉が何枚もある。

なんと厳重な設備だろう、まるで牢獄《ろうごく》みたいだ。背筋が凍るような薄気味悪さで、ミライは小さく身震いした。

沈黙のまま進むと、室内から小さなカサカサという音がする。

部屋の前でトワが止まった。

ドアに中を覗《のぞ》き込む丸いガラス窓がある。

トワがヤマトとミライを手招きした。

ふたりが同時に中を覗《のぞ》く。

「え⁉」ミライは小さな悲鳴をあげた。

だだっ広い部屋。汚れのない真っ白な壁。そこに七、八人の子供たち。

ミライとヤマトが目を見開いたのは、その背に一様に翼があったからだ。しかしその翼は羽が抜けていたり折れていたり、骨だけになっている者もいた。ここにいる者たちの翼は、もう原形をとどめていない。

「トワもいたの、ここに、三年前まで……」トワの喉《のど》から絞り出すような声が出た。

驚いて彼女を見るミライとヤマトに、無表情な顔のままトワは続けた。

「虹の翼を持ってる者は感性が開いてる……」

わかるでしょ、というふうに、ミライにちらりと視線を送った。

「人が感じないことまで感じてしまう。視《み》えてしまう。ダークマターとかダークエネルギーという言葉を聞いたことは？」

トワが、ミライとヤマトを見た。

「宇宙を組成しているもののことだよな」ヤマトが答えた。

トワが小さく頷《うなず》いた。

ヤマトが続ける。

「宇宙を構成している物質の中で、解明されているものはたったの4%、あとは未知のダークマター22%、ダークエネルギー74%と言われている」

「そうよ、私たちの世界で目に見えるものなんて4%。あとの96%はまだ証明されてない世界なの。でも私たちは……」

トワは少し言葉を切って、ミライの翼を見た。

「私たち虹の翼を持つ者は、誰も証明できない96%のものを感じたり知覚する能力がある。それがこの世界では異常だと診断されるの。私も精神病って言われて治療を受けた。ここに入れられるまで、私の翼は開いていたのよ。だけど、誰にも理解してもらえなかった。トワが感じていることが……。ただひとり味方だと思ってたママにまで捨てられた」

驚いて見つめるミライを、トワは憎々しいほどの眼差しで睨《にら》みつけた。

「トワ、飛ぼうとは思わない。飛ばないと約束したし」

「誰と？　誰と約束したんだ⁉」ヤマトが勢い込んで訊ねた。

「さぁ。誰かしら」

トワが皮肉な笑いを無理に浮かべる。

「飛ばない約束をしたから、生きていられるの」

「生きて……って、もしかして殺されてたってことか⁉」

勢い込んで訊《たず》ねるヤマトを無視するように、トワは挑《いど》みかかる眼差しをミライとヤマトに向けた。

「この世界は、あなたたちが思ってるように平等でも自由でもない。支配する者がすべてをコントロールしてる。そのことを知ったら、虹の翼で飛ぼうなんて思わなくなるわ」

「支配する者ってトンプソン一族のことか!?」

ヤマトが真剣な眼差しでトワの目を覗《のぞ》き込む。

「まさかイワシロもトンプソン一族の一味!?」ミライもトワを見つめた。

トワの顔に一瞬怯《おび》えの色が走ったが、それを隠すように笑みを浮かべた。

「知らない。知りたくもないし」

「いいんですか、それで!? ここにいる子供たちはこんなままで!? 人類が滅亡する未来が来ても!?」ミライは力をこめて口走った。

トワがミライの背の翼をぐいっと引いた。

ミライはぐらりとよろけた。

「いいかだって!? あなたにそんなこと訊かれたくない！ トワは今、生きてるの！ この世界で！ ひとりで！ 未来がどうなったって知らないわ！」

トワは怒っていた。

その声の中に深い絶望と哀しみを感じ取って、ミライは何も言えなくなった。

この娘《こ》はここで生きるために、こうやっていくしかないんだ。生き延びるために飛ばない選択をした。これほど美しい翼で飛ばないことをもっとも憂《うれ》えているのは、トワ自身なのかもしれない——。

「もう出ましょう、息が詰まる」

トワが身を翻《ひるがえ》してさっさと出て行く。

ミライとヤマトは子供たちの姿に後ろ髪を引かれるような思いで施設をあとにした。

もう夕刻になっていた。空には見たこともないような茜《あかね》色の夕焼けが、凄《すさ》まじいほどの迫力で広がっている。

傾斜する山道の急カーブを何度もハンドルを切りながら、車を走らせていく。その間三人はずっと黙ったままだ。何か吐き出したい思いはあるのだが、何を言ったらいいのか言葉が見つからない。

眼下に街を見下ろす道に出た途端、トワが停めて欲しいと言った。

車から降りると、ぽつぽつと灯りがつき始めた住宅と、その向こうには青い海が夕焼けの下に広がっている。まるで完璧な構図の絵画のように。

「これが……この街が消えてしまうっていうの？」

トワは自分に問いかけるように街を見つめて言った。

「そうだ」ヤマトが答える。

「２０３２年、この街は海に沈む」

トワがミライを振り返った。その目には、先程までとは違う強い光が宿っている。

「飛ぶことを教えることはできない。でもトワが持って来た『智慧《ちえ》』を分かち合うことはできるわ」

「『智慧』を？」

ミライの問いかけにトワは頷《うなず》いた。

「あの病院を出るとき、トワ、あの子たちとお別れのハグをしたの。どの子も大切な仲間だって感じて、立ち去る車の中で涙が止まらなかった。そのときよ、突然思い出したの。私が携えてきた『火の智慧』を……あの子たちに伝えようって何度も通ったわ。何か助けにならないかって……でも無駄だった……」

トワがこれを明かすのは、とても勇気のいることだというのが、彼女の表情から伝わってくる。

「それからは、この『智慧』を思い出したことを誰にも隠してきたの。だけどこの『智慧』が人類を、この地球を救うことになるかもしれないなら……今、ここで言わないとトワ、一生後悔すると思うから……」

ミライとヤマトはトワを勇気づけるように見守った。

トワは大きく息を吸うと、一気に吐き出してから告げた。

「私たち人間は生まれつき、ハートに、幸せの道を察知するセンサーを持ってるの」

「幸せの道を察知するセンサー？」

トワはハートに手を置いて頷《うなず》いた。

『心の羅針盤』。何か物事を選択しようとするとき、ワクワクすることと、そうではないことってあるでしょう？　ワクワクまではないかもしれない。でも、『そうしたい』『こっちがいい』っていう理由のつかない気持ち。それは、それが真実ですよ、あなたの幸せな選択ですよって、神さまからの合図なの。そのいちばん強いお知らせが『ワクワク』」

「ワクワクが合図……？」ミライはつぶやいた。

トワがミライの物思いを破るように続ける。

「だから物事を選ぶときに、頭であれこれ考えないで直感に従うの。私たちの命は幸せなほうにいつも流れてる。でも、その流れから外れたとき、軌道修正するために『問題』が起こったり、『不幸せ』を感じるの。『問題』は本当は問題じゃない。ダミーなの。『やり方を変えなさい』ってお知らせ。それは幸せに向かうための大きなチャンスなのよ」

「ポールシフトも？　あんなに悲惨な状況も『問題』じゃなくてチャンスだって言う

の!? ありえない!」

　反発する気持ちが強くて、ミライは頭を大きく横に振った。

　トワは当然だという表情で淡々とミライを受け止めた。

「信じられなくて当たり前だと思う。もうこれは体験するしかない。『問題』をチャンスと捉《とら》えて進むのか、たちうちできないことが起きたと両手をあげて運命に翻弄《ほんろう》されるか」

「運命を変える力を、俺たちは持ってるってことか?」

　腕組みをして黙って聞いていたヤマトが口をはさんだ。

　トワは大きく頷《うなず》いた。

「そう。これは虹の翼を持つ者だけじゃない。人間すべてに共通する真実よ。それがトワが持ってきた『火の智慧《ちえ》』」

　ミライは湧き上がってくる疑問を投げずにはいられない。

「ワクワクなんて感じられないときはどうするの? あまりにも現実がひどくて辛《つら》いと、ワクワクなんて感じられない」

「そうだな。2035年では生き延びることに精いっぱいでワクワクどころじゃない」ヤマトも言った。

　トワは深く頷《うなず》いた。

「とてもよくわかる。トワも病院に閉じ込められていたときはそうだったから……。そんなときは、せめて『ホッとすること』『少しでも気分がよくなること』を選べばいい。どんな状況でも、気持ちを楽にすることが大事なの」

「博士が言ってたんだ。『土の智慧』は『心が現実を創る』ってことだって……だから創り出す大本の『心』がどんな状態かが大事だってことなんだね？」

「どんなことよりも、それが一番重要。『ワクワク』している『心』が現実を創る。『気分がいい』ことが、その『心』に見合った出来事をつれてくる。そして『心』は、感情のレベルを上げていくことで変えられるの」

「感情のレベルを上げていく？」

「そう。感情にはレベルがあってね。感情の中でもっともネガティブなものが『絶望』や『怖れ』、もっともポジティブなものが『喜び』や『愛』や『感謝』なの。人の感情って、その感情のものさしの間をいったりきたりしてるの。ネガティブな『絶望』『怖れ』から『怒り』『失望』『苛立ち』『哀しみ』『楽観』『やる気』『情熱』と順番に、『喜び』『愛』『感謝』というポジティブな感情まで並んでる。つまり『絶望』や『怖れ』よりも『怒り』がより肯定的。だから『絶望』や『怖れ』を『怒り』に転換できるだけでも力が出てくるのよ。『怒り』を感じつくしたら、『哀しみ』になる。『哀しみ』の次は、『楽観』になる。そうやって、感情って十分に感じると、よりポジティブに変化していくの」

「感情が変わると『心』の状態も変化するから、その『心』で映し出す現実も変わってくるってことか」

ミライはふと映写機を思い出した。もしかしたら、この世は映画のスクリーンのようなものかもしれない。そして、その映像を映し出しているのは、『心』という映写機。そこにどんな『心』をいれるかで、映し出される現実が変わる――。

「この智慧《ちえ》を人類が思い出したらどうなると思う？　感情を自由に扱って、意識的に現実を創るのよ。未来は変えられる」

「未来を変えられる――」

ヤマトの感慨深げなつぶやきに、ミライはヤマトを見た。

ヤマトがミライに頷《うなず》いて見せた。

「意識で海の汚染は止められる」

トワが口元に寂しげな笑みを浮かべた。

「このことをふたりに告げたのは、私の心の羅針盤がそうしたほうがいいって教えてくれたから。伝えることができて少しホッとした……」

ヤマトが心配そうに口を出した。

「これを俺らに話すことで、お前に迷惑がかかるんじゃ……」

トワはヤマトを見つめた。

「ヤマトが守ってくれればいい」

ミライはそっとその場を離れた。親密なふたりの会話を耳にするのは心が痛い。

「ヤマトが好きなんでしょ。でも相手にされないから」

トワの放ったその一言が今でも耳の奥に残っている……。

(僕がヤマトを好き……?)

思ってもみなかったことなのに、そのことを考えると胸がドキンと音を立てた。息苦しくて呼吸困難に陥《おちい》りそうだ。

(僕はどうしちゃったのだ……?)

ミライはあまりの苦しさに自分に問うた。どうしたら気持ちがホッとするのだろう?

……とにかくここから離れたい。ミライの心がギリギリしながら答えた。

ミライはヤマトとトワを避けるように、ふたりに背を向け車に乗り込んだ。

第四の翼「消えた翼」

その夜、ミライとヤマトは博士を交えて、今後について話し合った。

ヤマトは、これ以上この時代にいても、虹の翼を持つ者を見つけられるかどうかわからないと憂慮した。ミライも同感だった。この時代の虹の戦士たちの多くは病院に隔離され、虹の翼を傷つけられ失っている。

博士がめったに見せない暗い目をして続けた。

「子供たちが隔離されているその病院はトンプソン一族がコントロールしてる可能性が高い。虹の戦士を抹殺《まっさつ》するために……」

それはミライとヤマトも考えていたことだった。

「ミライちゃんも気をつけないと……」

博士は、いつの頃からかミライのことをちゃんづけで呼ぶようになっていた。

博士のその言葉を受けたようにヤマトが言った。

「ミライ、俺たち、一度２０３５年に帰らないか？」

「え？」

「２０３５年の博士はたくさん情報を持ってる。この時代のことを伝えて指示を仰ごう」

ミライは頷《うなず》いた。

「わかった。僕もそれがいいと思う」


洗濯機に入るふたりを見て、博士は涙ぐんだ。

ミライも寂しさが募って博士の手を取った。

「お酒はほどほどにしてくださいね。何か未来の博士に伝えることはありますか？」

博士がごしごし拳《こぶし》で目を拭いて言った。

「ありがとう……って伝えて。タイムマシン完成させてくれて勇気が出たって……そしてミライちゃんとヤマト君に会わせてくれて……私は……」

もう言葉にならなかった。

ミライは、そんな博士の姿を見ていると胸がいっぱいになった。落ち込んだ夜に、優しい言葉をかけてくれた博士――。

「博士、僕は、自分がどんな花なのか見つけて花を咲かせますから……」

「うん。うん」

博士は何度も何度も頷《うなず》いた。泣くのを我慢しているせいか、鼻の頭が真っ赤になった。

「博士、お元気で」

ヤマトが手をさし出して、ふたりは固く握手をした。

洗濯機の蓋《ふた》が閉められ、タイムマシンが動き始めた。

（トワさんのことはどうするの？　彼女のことを守るんじゃないの？）

喉元《のどもと》まで出かかったその問いを、ミライはヤマトに投げかけることができない。


戻って来た世界は暗黒だった。

光に満ちた夏の陽射しと煌々《こうこう》と照らされる電気の洪水の時代から戻ってきたので、灯りが乏しい夜のこの街を余計にそう感じたのかもしれない。それでも、育った時代の街はミライをホッとさせた。どれほど酷《ひど》い世界でも自分はここで生きてきたのだ、という懐かしさを感じる。２０１７年の平和な笑いに満ちた世界では、複雑な心境にならずにはいられなかった。目の前の人たちが、近い将来失ってしまうことを知らず、幸せを享受しているのを見るのは辛《つら》かった。

博士は戻って来たふたりの無事を喜んだが、虹の戦士を一掃《いっそう》しようとするトンプソン一族の「黒い集団」のことを聞くと顔色を変えた。

「そんなことまでやっていたのか！」

ミライが思いついたように顔をあげた。

「ってことは……虹の戦士は、世界を制する権力者さえも怖れるパワーがあるってことだよね？」

「そういうことだな」

ヤマトの同意に、博士も大きく頷《うなず》いた。

今後どうするかということには話が進まないまま、ミライとヤマトは一度、それぞれの家に戻ろうということになった。

リビングを通って外に出ようとしたミライは、酒瓶が転がっていないことに気がついた。

「そう言えば博士、酔っぱらってないいんだね？」

「やめたんだ。約束したろ？」

博士はチャーミングにウインクをして見せる。

「君たちふたりが命をかけて時代を超えていったのに、私だけが酒に逃げるなんてできないよ。それに……君たちがあらわれるまでは苦しかった。本当に虹の翼を持つ者がこの時代にいるかどうかさえわからなかったから。だが今はやれることがたくさんある。そのことが嬉しいんだ。大学を辞めて自分を信じて良かったと、これほどまでに思ったことはないよ」

「『心の羅針盤』に従ったんだね」

ミライがトワに教えてもらった幸せに導く心のセンサーのことを話すと、博士はハートに手を当てて、「私の『心の羅針盤』は鈍っていたんだよ。あの交通事故で死にかけるまで……自分のワクワクよりも人に褒《ほ》められること認められることを優先していた。そんなことをしていたら自分の『好き』がわからなくなってしまうんだねぇ」とシミジミと言った。

ミライの住む海岸エリアとヤマトの暮らす山手エリアを隔てる壁の前で、ミライとヤマトは立ち止まった。

「じゃあ、また」

「ああ。気をつけてな」

ヤマトの後ろ姿を見送ると、ミライの胸に一抹《いちまつ》の寂しい風が吹いた。それを振り払うように、ミライは大股で海岸エリアに向かって歩き出した。

毒々しい悪臭を漂わせる海に近づくにつれて、過去の時代にはすっかり消えていた右上腕部の痛みが以前よりも激しさを増してくる。博士が言ったように、ミライの身体は海に反応しているのかもしれない。

２０３５年では、海の民たちが、山の民たちへの憎悪を強くしていた。トンプソンが工場建設を強行したのだ。工事する港のまわりに鉄砲を持った警備ロボットを配備し、刃向かう者には構わず銃口を向けた。海の民が港の所有権を主張しても止まることはなかった。平和な頃なら司法に訴えることもできただろうが、今は司法そのものが機能していない。無法世界では力のある者が支配することになる。

ミライは、世界が一気に戦国の世に戻ってしまった気がした。

海の民のコミュニティも、ミライがいない間、さくらが亡くなったことも影響し、荒くれものを束ねられる者がいないことで、ひとつにまとまりきれず混乱を極めている。

人々は久しぶりに戻ったミライを歓迎し、トンプソンの工事を止《や》めさせる闘いをしかけようと提案してきた。しかしミライは首を縦に振ることができなかった。

「それは、こちらも死人を出すことになる」

海の男たちは逆らった。

「このままじゃ俺ら死ぬんだ。魚も植物も全部死んでるっていうのに、生きていけるはずがない。どうせ死ぬなら、あいつらを殺して道連れにしてやる」

皆、自分たちの不安をトンプソンへの怒りにすり替えている。そのことがミライにはわかるだけに、絶対に止めなければならないと思った。

ミライは、「恨みをぶつけてもなんら発展的な解決にはならない」と戒《いまし》めたが、ミライが闘いに反対すればするほど人心は離れていき、いつしか「ミライはさくらが亡くなってから腰抜け」と悪口を言われるようになった。

そんな紛争のさなか、博士のところに行くこともままならず、気がつくと朝夕の風に秋の気配がするようになっていた。

海の向こうに見える富士山の頂上に夕陽が落ちる時季が来た。毎日位置が変わる日没の太陽と富士山の山頂がピタリと重なって起こる現象は、春秋の年に二度しか見られない珍しい光景で、〝ダイヤモンド富士〟と呼ばれている。

ミライはマンションの窓から、ダイヤモンドのように強く発光する太陽を眺めながら、ヤマトもまたこの景色を見ているだろうかと想いを馳《は》せた。

逢いたい、という強い気持ちが雪崩《なだれ》のように、ミライを襲《じ》った。

一目でいい、顔が見たい、と、心が焦れる。

そんな感じ方をした自分自身に、ミライはびっくりした。自分の気持ちが受け入れられず抗《あらが》った。しかし無理だった。ヤマトの存在は、ミライの心を占領してしまったのだ。片時も忘れることはない。その熱い想いがミライを臆病にする。逢いたい気持ちが強い分だけ逢うのが怖くなる。友達だから逢いたいだけだと言い聞かせていた。

「何を考え込んでるんだ？」

いきなり野太い男の声がして驚いて振り返ると、グンジが立っていた。グンジは、三十過ぎの漁師の二代目で、若い衆を仕切っている。さくらに心酔し、ストーカーまがいにつきまとい困らせたことがあるクセ者だ。

にやけた顔でじろじろとミライをねめつけた。

「勝手に部屋に入って、どういうことだ」

抗議するミライにかまわず、グンジは部屋の中をゆっくり歩きまわった。

「なんの用だ？」

「お前に用があってな」

グンジはいきなり左手でミライの腕をつかむと自分の脇に抱き寄せ、右手で乳房を鷲摑《わしづか》みにした。

「な、何をするんだ！」

必死で離れようとするミライを、太い腕で締めつけながらグンジは言った。

「俺はお前が女じゃないかと疑ってたんだ。それを言ったらさくら婆《ばあ》にどやしつけられて確信した。婆《ばあ》があんなにムキになったのはあのときぎりだ」

「放せ！」

ジタバタすればするほど、グンジは両手で両腕をつかんで離さない。

「俺はあのとき決めたんだ。お前が大人になったら自分のものにする。そうして海の民の頂点に立つと」

そう言い放つと突然ミライを床に突き倒した。そして上にのしかかった。必死で立ち上がろうとするミライの脚を払い、身体全体で押さえつけ顔を胸にうずめる。男のムッとする体臭が鼻腔に流れ込んできた。

「やめろ！」

ミライは必死で逃げようとするがびくともしない。グンジのごつい指がミライのズボンにかかってひきずりおろされそうになる。

「この日をずっと待ってたんだ！」

下卑《げび》たグンジの顔が欲望にまみれた野獣のように見える。

ミライは、頑として動かないグンジの身体の下から顔だけを出し、夢中で彼の腕に嚙《か》みついた。

「いてーっ」

叫び声をあげ痛みにのたうっている隙に、グンジの身体の下から抜け出ると、ミライはウインドサーフィンのボードをつかんで窓から飛び降りた。

「待てっ、こらーっ！」

グンジの叫び声が背中に迫る。

ミライは海に向かって急降下していった。

海に落ちて汚染された海水を飲めば命の保証はない。もうどうにでもなれ……と投げやりになりかけた瞬間、ミライの心が爆発した。

あんな男に襲われて死ぬなんて絶対に嫌だ。

博士に自分の花を咲かせると約束した。どんな花なのか、いや、もしかしたら樹木なのか、雑草かもしれない。なんにせよ自分のことを知らずにこのまま生を終わらせるのは悔しい。

そんなミライの強い想いに、風が味方した。あと数ミリで海水に呑まれるというときに、ウインドサーフィンの帆《セイル》が開いた。それにあわせた絶妙なタイミングで風が吹いて、するすると海上を滑っていく。

マンションの窓から半裸のグンジが憎々しげな顔で見ていた。獰猛《どうもう》な眼差しでミライを刺した。

女として襲われたショックに心が砕《くだ》け散っていた。もうここにはいられない。

生まれ育った街が安住の地ではなくなってしまった。女であるがために……。ただそれだけで……。ミライは震える唇を嚙《か》んで、風に吹かれるまま流れていった。

気がつくとヤマトの病院の屋上に立っていた。

弱った心がヤマトに逢いたいと願ったのか……。

突然華やかな女の笑い声が耳をつんざいて、ミライの身体をビクリと震わせた。その幸せに満ちた声が、恐怖さえ呼び起こす。なぜなのかわからない。ただ、今にも失神しそうなほど傷つき疲れていたミライの心持ちと、あまりにも違っている。

その笑い声は階下の庭から聞こえていた。熱帯植物が植えられた、まるで別の国のような一角だ。身を屈《かが》めてその方角を見下ろしたミライは驚いて目を見開いた。

「トワ……!?」

ミライの目に飛び込んで来た、眩《まぶ》しいほどの光を発して笑っているのはトワだった。トワはずいぶんと成熟して、別人かと思うほど知的な大人の女性になっていた。それでもミライが彼女だと認めたのは、その背の虹の翼だった。いまだ翼は閉じてはいたが、それほど大きく輝いている虹の翼は彼女以外見たことがない。どうやら翼は、その持ち主の心の状態を表わしているようだ。

トワが、その美しい笑みを惜しげもなく向ける相手はヤマトだ。

その、ヤマトの背中が、遠かった。

トワに逢った驚きが過ぎ去ると、哀しみが襲ってきた。自分がひとり、決起しようとする海の民をとどめるのに闘っている間、ヤマトとトワはこの大胆な花の香りが充満する庭で笑っていたのだ。

世界が滅びようとするそのときまで、ヤマトとトワのふたりの世界は美しいに違いない。金のかかった濾過《ろか》装置で綺麗《きれい》に浄化された水を飲む人生と、泥の海水をそのまま飲まないように心を砕《くだ》いていく人生。あまりの違いに吐きそうだった。

今までミライは、富裕層の山の民を羨《うらや》んだことはなかった。彼、彼女たちが持つ贅《ぜい》沢《たく》な品を欲しいと思ったことも一度もない。だが、今、トワがいる場所、立場、その全部を嫉妬《しっと》した。

そこにはヤマトがいる。

ヤマトが笑う空間。

ヤマトがいる時間。

このときまで受け入れたくなかった想いを、ミライはやっと認めた。

(ヤマトに恋をしている……)

そのときだった。

この病院を警備しているロボットの一団がミライを取り囲んだ。咄嗟《とっさ》にウインドサーフィンに手をやったが遅かった。彼らは一斉に銃を構えてミライを狙っている。

「やめろ！　僕は何もしない！」

抵抗も虚しく、ミライは捕らえられ、病院の院長室に連行されることになった。

ロボットたちは、ミライを連れて熱帯植物の庭を横切っていく。ミライはヤマトに見つかるのが嫌で、うつむいて素早く歩き去ろうとした。

しかしすぐに見つかってしまった。ヤマトには見えてしまうのだ、ミライの翼が。

それはミライがトワを見まがうことがなかったように、ヤマトにとってミライだという明らかな証拠だった。

ヤマトが「待て」と止めた。そして、「その娘《こ》は自分が預かる」とロボットに告げた。

ミライは惨《みじ》めだった。着ている洋服が、グンジに引き裂かれ破れていたのも恥ずかしいが、ヤマトとトワが楽しく語らっているところで、不審な侵入者として扱われていることがいたたまれない。

トワが懐かしい眼差しでミライを見た。タイムマシンであっさり移動した自分には昨日の今日のような気がするが、時間を経てきたトワにとっては十八年後の再会のはずだ。

トワは、ふたりの行方がわからなくなってから、ヤマトの名前と住まいから彼の素性を割り出し、過去から戻ってくるヤマトが十八歳のタイミングを見計らって訪ねたのだと言う。十八年もの長い年月、彼女はヤマトとの再会を待ちわびてきたのだ。

それを聞いたミライは、圧倒され胸が潰《つぶ》れるようだった。

トワは十八年経って、すっかり落ち着いた大人の魅力を身につけていた。かといって三十路《みそじ》を越えているはずなのに、弾力のある肌や輝く瞳は二十代のように瑞々《みずみず》しい。我儘《わがまま》な小娘だった傲慢《ごうまん》さは薄れ、洗練された美しさが滲《にじ》み出ている。アイドルから女優に転身し、その傍《かたわ》ら起こした洋服のブランドが大成功して財をなし、それを元手に自然環境を守る企業に投資、２０３２年の災害も乗り越えていた。

「ヤマトに逢うまではって頑張れたのよ」と微笑むトワは大輪のダリアの花のようだ。

「付き人してもらったの三日だったけど、撮影の本番前はいつもナーバスになってイライラしちゃうの。そんなトゲトゲ山嵐のトワを抱きしめてくれたのは、後にも先にもヤマトだけ。それ見て誤解した娘《こ》もいたけど……ねぇミライちゃん」

ミライに向かって茶目っ気たっぷりにウインクをしてみせる。

ミライは、「ミライちゃん」と呼ばれて小娘になったような気がしたが、考えてみれば今のトワにとってミライは十代の少女にすぎない。

ヤマトを見つめるトワの眼差しがキラキラと輝いている。

（この女《ひと》、本気なんだ……）

ミライはショックを受けた。十八年もの間、ヤマトと再会できる日を待ちわびて自分を磨いてきた女《ひと》。

（かなわない。ノックアウトだ……僕が勝てる要素はひとつもない）

ミライは自分のことを情けなく小さいと感じた。自信なげに丸まった背中の翼がますます活力を失った。

虹の戦士を探す手伝いをして欲しいと改めて頼むヤマトに、トワは持ちあげていた紅茶のカップをゆっくりと降ろした。

「……虹の戦士はひとりも生きていないと思う」

「どうして⁉」

ヤマトが詰問口調になった。

憂《うれ》いを含んだ眼差しでヤマトを見たトワの唇が、ためらうように開いた。

「あれから、もっともっと凄《すさ》まじい狩りが始まって……捕まって閉じ込められた……トワ、気づいたの……トワがスターとしてメディアに出るのを、トンプソンたちが許していたのは……トワをエサに虹の戦士たちをおびき寄せるためだって……」

「え⁉」

ミライは、トワが恐ろしいことを言いだす予感に、めまいがした。

「虹の翼を持つ者たちは、メディアでトワが翼を広げて存在するのを見て、ああなりたいってやって来た。探して捕まえに行く手間が省ける。そうやって虹の戦士たちを捕《と》らえ力を奪ったの。トワあるとき、そのことに気がついた。それで人前に出る仕事をやめるためブランドを立ち上げて、そちらに本業を移していったの。いくら知らなかったとはいえ、トワは虹の戦士たちを滅ぼす手伝いをしたのよ……悔やんでも悔やみきれない」

トワの顔が哀しみでいっぱいになった。真っ青に晴れた空がさっと曇り空になるように。しかしその苦悩が陰をつくり、彼女の人間的な深みを醸《かも》し出した。十八年の歳月は、トワに美しさ以上の魅力を与えていた。それは苦悩の先に行きついた者だけが得る大きな器、突き抜けた深さ――。

「何か方法はないんだろうか。俺は2024年までに人類の歴史を変えたいんだ」

ヤマトがトワを見つめて言った。

ヤマトはトワの出現を心から喜び頼もしく思っているようだ。トワはここに至る虹の戦士たちの状況を誰よりも知っている。何より強い援軍に違いない。

トワは深く思慮するように首をかしげた。ゆるく巻いた長い黒髪がふわりと揺れる。

「過去に戻っても、たとえば、この前のように2017年に行ったとしても、望みは薄いと思う。五人の戦士がそろわなければ、海は元通りにならない、そうでしょ？」

そう言ってトワは長い脚を組み替えた。

「私が権力中枢の人たちと付き合って調べた限り、2032年以降トンプソン一族の支配はますますひどくなってる。彼らは戦争を起こして人口を減らすことを目論《もくろ》んでる。貧富の差を激しくしたり、人々に仕事を与えないようにして、人の心を荒らそうとしてるのはそのためよ。ポールシフトでさえ、彼らの目的通りって噂《うわさ》もある」

「だけど地球が滅んだら、人類すべてが危ないじゃない！」

ミライの反論に、トワは唇の右側だけをつり上げた。

「想像もできないお金と権力を持ってるお方たちは、この星が滅んだら宇宙船にでも乗って他の星に移住でもするんでしょうよ」

辛辣《しんらつ》な皮肉だった。

「しかしこのまま手をこまねいて見てるわけにはいかない。どうしたらいい？」

ヤマトはトワを見た。ミライもトワから目が離せない。

トワは唇を噛《か》んだ。

「不安や心配はそういう現実を引き起こすだけ。まずは自分の心を整えないと」

「そんなこと言ってる余裕はないだろ！」ヤマトが焦りを抑えた声で切り込んだ。

トワがミライの目を覗《のぞ》き込んだ。

「ミライちゃん、あなた、虹の智慧《ちえ》は取り戻せたの？」

ミライは目をそらした。答えることができない。

「ミライはまだだ」

代わりにヤマトが答えると、トワはふたりを交互に見つめて言った。

「そっか。トワの『火の智慧』と、博士の前世で持ってた『土の智慧』。もしミライちゃんが思い出したら智慧が三つになる。そうしたらあとふたつよ。智慧を思い出せたらずいぶん力を取り戻せると思うけど」

「……でも僕は思い出せてない」

不甲斐《ふがい》なさいっぱいでミライはつぶやいた。

「それに『智慧』を集めるだけじゃダメだ。五人一緒に翼を広げて空を飛ばないと！」

ヤマトが苛立ちを抑えるようにグラスの水をぐっと飲み干した。

トワが哀しそうに言った。

「あれから何度も翼を広げようとしたけどダメだった……。トワ、飛ぶ自信はないの……。ごめんなさい」

ヤマトが、閉じたまま固まっているトワとミライの翼を見た。

「仮に今五人の虹の戦士が一緒に空を飛んでも、歴史が変わるのはこれからの未来だろ？　俺は２０２４年の歴史を変えたいんだ」

「どうして２０２４年にそんなにこだわるの？」トワが訊いた。

その疑問はミライも同じだ。

ヤマトは目を伏せてひとりごちるように答えた。

「別に。ただそう思うだけだよ。過去に戻らないと変えられないなら、俺はもう一度過去に行きたい」

今にも飛んでいきそうなヤマトを諭《さと》すように、トワが口を出した。

「今を変えると未来の現実が変わるのは当然だけど、過去も変わると思う」

「今を変えると過去が変わるって言うのか？」

意外な言葉に、ミライとヤマトはトワを見た。

トワは大きく頷《うなず》いてから続けた。

「過去は過ぎ去った『事実』のように私たちの意識は錯覚してるけど、本当は違うの。『時間』というものがあるのは、この三次元だけ。過去は、パラレルワールドとして、今、この瞬間にも並行して存在している。だから、タイムカプセルで移動できるのよ。ということは、今が変われば過去の現実も変わるってこと。実際２０１７年以降、あなたたちふたりがあの時代にやってきたことで、その後の歴史が確実に変わってる。トワ、アイドルをやめたし、他にもあなたたちが過去に来たことで変わったことはある」

「でもあの子たちは⁉　病院に閉じ込められていた子供たちは⁉」

ミライが、病室で倒れていた弱々しい子供たちを思い浮かべて訊ねた。

「あの子たちは生きていないと……思う……。病気で死んだり……殺されたり……そんな噂《うわさ》を聞いた……」

翼などないと必死で否定したケントの姿が脳裏に浮かぶ。

ヤマトも同じ想いだったらしくトワに訊ねた。

「ケントって男の子どうしてるか知ってるか？」

「その子のことは知らない……でも生きてる可能性は低いかも……」

「そんな……トワさんは、そんな酷《ひど》い過去も今変えられるって言うんですか⁉」

ミライはムキになってトワに答えを求めた。

トワは静かにグラスを取ると、水をひとくち含んでつぶやいた。

「そう信じたい」

静寂が訪れた。

ミライを圧倒的な絶望が包む。虹の戦士の気持ちは、翼を持った者にしかわからない。いつか出会って分かち合えると思っていた。一緒に飛ぶ喜びを。追われ迫害されてきた恐怖と哀しみを。もう、それもかなわない夢になるのか――。

張り付いた沈黙を破るように、ヤマトが目を瞑《つぶ》って静かに口を開いた。

「今が変わると未来も変わるが過去も変わる。それはあり得るかもしれない。じゃあ今を変えるにはどうしたらいい？　虹の翼を持ってるのは、ミライとトワのふたり。あと三人の虹の戦士をどうやって見つける？」

突然トワが素《す》っ頓狂《とんきょう》な声を出した。

「ミライちゃん……翼どうしたの？」

「え？」

ヤマトが驚いたように立ち上がる。そしてミライの背後を覗《のぞ》き込んだ。

「ミライ、虹の翼が……」

ミライはふたりの様子に困惑したが、ハッと目を見開いた。トワの背の翼がなくなっている。

「トワさん、翼隠したんですか？　なくなってるんだけど……」

そう言うミライの肩をヤマトがつかんだ。

「お前、トワの翼見えないのか!?　トワにはあるよ。なくなったのはお前だ」

「え!?」

ヤマトがミライを近くにあった鏡の前に連れていった。

消えていた。

跡形もなく。

ミライの翼はなくなっている。

と同時に、さっきまで見えていたトワの翼も見えなくなった。

「僕は……もう虹の戦士じゃなくなったってこと……!?」

突然翼があらわれたときの混乱よりもさらに激しい動揺がミライを襲った。

「どうして……!?」

「何が起こったんだ……」

ヤマトとトワも愕然《がくぜん》と言葉を失っている。

ミライは、ふたりの前から消えたいと思った。虹の翼を失ったなら、残りの三人を見つけられない。仮に見つけることができたとしても、一緒に空を飛ぶことはできない。あれほど望んだ青い海を取り戻すという役目を果たせないのだ。ヤマトとトワと一緒にいても力にもなれない。自分はここにいる意味を翼と共に失ってしまったのだ。

「ごめん。僕、行かなきゃ」

そそくさと立ち去るミライの背後から、ヤマトの「おいミライ」という声が追いかけてきた。しかし立ち止まることも振り返ることもできなかった。涙が零《こぼ》れる顔をふたりに見せてしまうことになる。そんな顔を見せないことだけが、かろうじてミライに残された最後のプライドだった。

ミライは救いを求めるように、かつてさくらと暮らしたあたりを見渡せる場所にやって来た。

今はもう真っ黒な海しか見えない。

小高い坂の途中でミライはへなへなと座り込んだ。

「ばぁちゃん助けて……僕はどうなっちゃったんだ⁉　僕は男でもなく、虹の戦士でもなく、海の民の王子でもない。トワさんのような素敵な女子にもなれない。なんにもなれず、なんでもない。僕は誰……？　僕は何者……？」

心でさくらに問い続けた。

今のミライには、帰る場所も、待っている人も、できることも何もない。虹の戦士を見つけるという大きなテーマが、さくらを失ってぽっかり空いた心の穴を占めていただけに、いきなりそれも失って、つっかい棒のない案山子《かかし》になった気分だった。

当然さくらから返事はない。答えをくれる人はいなかった。「天涯孤独」という言葉が頭をよぎった。世界中の人に忘れ去られた気がする。

ひとりぼっちだった。それでも生きていくしかなかった。一歩踏み出し、どこかに行くしかない。

（でもどこへ……？）

ミライは、重い足をひきずって、たったひとり、最後の砦《とりで》のように心に浮かんだ人のもとに向かって歩み出した。

森の奥深くの博士の小屋のあたりは、すっかり秋の気配で満ちている。時折吹いてくる風は涼しさを増し、棚田には黄金色の稲穂が頭《こうべ》を垂れていた。

物音ひとつしないこの森の中で何年も暮らしてきた博士のことを思うと、翼がなくなってしまったことを告げるのが苦しくて、ミライは小屋の前まで行ったものの、そこで何時間も佇《たたず》んでいた。

夜になっても勇気が出ずに踵《きびす》を返すと、腕いっぱいにかぼちゃや冬瓜《とうがん》などたくさんの野菜を抱えた博士が立っていた。

「どうしたの⁉ 入っていればいいのに。君たちが来たら入れるように鍵はかけずに出かけたんだよ。ほら畑でこんなに野菜がとれた！ そろそろ来る頃だと思ってね。ご馳走《ちそう》だぞ、今夜は！」

博士がしゃべればしゃべるほど、ミライは胸が詰まって何も言えなくなった。

「博士……僕……翼が……」

みなまで言う前に博士は野菜を置くと、ミライに駆け寄りガバッとハグした。

ミライがハッと驚く間もなく、博士はミライを抱きしめたまま、子守唄を歌うような優しい声を出した。

「ちちんぷいぷい。痛いの痛いの飛んで行け！」

「え……あの、博士……僕、別に怪我したわけじゃ……」

「怪我をしたのは心か……。痛いなぁ、心は目に見えないから……余計に辛《つら》いよなぁ。傷の深さを確認できない分だけ痛手を負うなぁ」

ミライの身体から力が抜けた。

博士の腕の中はあたたかで安心で、踏ん張っていた緊張が解けた。身体の奥から大きなうねりがあがって声になって出ていく。どこからこんな凄《すご》い声がと思うくらいの太い声が出て、涙が滝のように流れる。

わーん。わーん。

まるで子供に戻ったようだ。声が哀しみを連れて溢《あふ》れ出る。

(そう言えば、ばぁちゃんが逝ってからちゃんと泣いてなかった。こんなにも泣きたかったんだ。ばぁちゃんにもう二度と逢えないこと。ばぁちゃんが僕を女にしたくなかったこと。翼があったこと。そしてなくなってしまったこと。そして、そして、心奪うヤマトのこと。敵わないトワのこと。虹の戦士たちが死んでしまったこと。おそらくケントも殺されたであろうこと……。

こんなにも、これほどまでも、泣きたかった……)

ミライは、我ながら圧倒されるほどの哀しみを身体の奥底にため込んでいたことにおののきながら、泣き続けた。

その間、博士はずっとミライを抱いていた。

涙が涸《か》れるかと思うほど泣きつくすと、深い疲労感がやってきて、ミライは眠りに落ちた。それだけが平安をもたらす特効薬のようで、意識が消えていくのをおぼろげに感じながら心からホッとしていた。

ミライが目を覚ますと、目の前のテーブルにご馳走《ちそう》が並んでいる。博士は美味《おい》しいものを食べると幸せになれるよと言って、皿に料理を取り分けた。

「私の数式では、食べ物と感情はこの三次元の物理世界、地球にしか存在しない。つまり『味わう』というのが、この次元、この星の大きなテーマなんだね。だからここに生を受けたら味わうことを楽しまないと」

「他の星には食べ物と感情はないの？」

「私の計算ではそうなんだ」

ミライは食べ物と感情がない世界のことを想像してみた。でももし食べ物が必要ないならおなかがすくこともない、飢えで苦しむこともない。感情がないなら哀しいことも苦しいこともないだろう。そんな世界があるなら行きたいと思った。

ミライが物思いから覚めると、博士が赤いリボンがついた小さな箱を差し出した。

「……何？」

「過去のドクター寒川からのプレゼントだ。さっき洗濯機で届いた」

「博士から……？」

「……開けてごらん」

「こんな赤いリボンのプレゼントなんて、僕、初めて……」

ミライが箱を開けると、中からピンクゴールドのチェーンにピンク色をした、マーガレットの小さなペンダントヘッドのネックレスが出てきた。

「これは……？」

戸惑うミライに博士が言った。

「よく似合う。過去の私が君のために作ったんだ」

「僕に⁉」

「ああ」

博士が心から嬉しそうな大きな笑みを広げた。

「私はね、もし結婚したら女の子が欲しかった。母の形見のこの花の指輪をあげるのが夢だったんだ。結婚できなかったからなぁ、お蔵入りするかと思ってた。そっか、指輪はカレシにもらったほうがいいから、ネックレスにつくりかえたんだな。やるなぁ、若い私も……」

博士の声を聞きながら、ミライは若い博士の顔を思い浮かべた。

「……ミライ君は……女性として生きたいと願っているのではないですか？」と言った博士。

「花はね、花になっちゃうんです。どうしたって。どんなに樹木や葉っぱに憧れたって無理なんだ。花には花の、樹木には樹木の、葉っぱには葉っぱの良さがあって……それは誰とも交換なんかできなくて……」

そう、一生懸命慰めようとしてくれた博士の想いが、このネックレスには詰まっている。それを感じて胸が熱くなった。

「もらってくれるよね？」

「ぼ、僕は……」

ミライは当惑でタジタジになった。

博士が優しい声で言った。

「つけたくなったらでいいんだ――」

ミライは博士をすがるように見つめた。このあまりに小さくて可憐《かれん》なプレゼントが自分にふさわしいとはとうてい思えない。

「君が翼をなくしたのは……精神的なショックが重なったからだと思う。虹の翼が突然あらわれた、女なのに男として育てられた、おばあさんの本当の孫ではなかった、そんなことが続いたら、そりゃあ混乱するよ……。ねぇミライちゃん、君が生まれた時代に戻ってきたらどうだろう？」

「え？」

思いもかけない提案に博士を見た。

「２０１７年に戻ってみたら……？」

ミライの脳裏に、さくらに赤ん坊を預ける若い女の顔が浮かんだ。あの人なら何か知っているに違いない……。

「過去に戻って君のアイデンティティを取り戻しておいで」

「僕のアイデンティティ……」

「そ。君がここにいてもいいって思える証拠をショ、コ、ットね」

博士は自分で言ったオヤジギャグに「がはは！」と笑った。

そのナンセンスなオヤジギャグとノー天気な笑い声がミライの気持ちを楽にする。

「……そうだね、僕、行ってみる。悩んでたって何も始まらない」

決心したミライに博士は、今度戻って来たら渡すつもりで開発したと一本のペンをくれた。それは細く小型であるにもかかわらず、メモした内容を記憶しておける装置や望遠鏡、どんな硬いものでもカットできるレーザーまでついている優れものだった。

「今度の冒険の友はお前だよ」

ミライは初めて迎えるひとり旅への心細さと、ヤマトへの思慕《しぼ》を心の片隅に押しやって、博士のペンにつぶやいた。

怖くても不安でも、ミライの心の羅針盤は過去を指していた。心のセンサーというものが、決して「ワクワク」という波長だけで方向を指し示さないことを知った。

その道が真実であればあるほど、人はときに、とてつもない恐怖を味わうものだ。

洗濯機の中で膝を抱えたミライは、壊れそうな心をほんの少しの勇気と好奇心だけで支えて過去へ翔《と》んだ——。

第五の翼「翼が折れた日」

再び2017年にやって来たミライを、博士は手放しで喜んだ。

「博士、ネックレスありがとう」

ミライがネックレスを身につけていないことに気づき、博士がしょんぼりと言った。

「やっぱり私の趣味じゃミライちゃんには気に入ってもらえなかったか――」

「違う違う！　あまりに素敵で、今の僕にふさわしいって思えなくて……でも大切に持ってるよ」と言ってミライは、小さなお守り袋に入ったネックレスを見せた。

「今ふさわしくないって思ったとしても、つけていれば、ふさわしい人間に成長していくって思うよ。私は今の君にぴったり似合うと思うけどね。ネックレスをね、くれっす」

博士は、「がはは！」と笑った。

博士は、ミライが翼をなくしていることを淡々と受け止めてくれた。しかし、2017年以降虹の戦士たちが捕らえられ抹殺《まっさつ》されたかもしれないことを聞くと、哀しみに顔を歪《ゆが》めた。

「私が……ミヒャエルだった人生で勇気を出していれば……もっと違っていたかもしれないのに……」

そう言ったあとで、その思いを振り払うように続けた。

「この後悔ってやつだけはいつまでたっても気がめいる。死ぬときに、いっさい悔いがないように生きたいものだ」

「博士、僕、自分がどこで生まれて、どうしてさくらばぁちゃんが育てることになったのか知るためにやって来たんだ。未来の博士からアイデンティティを取り戻すためにそうしたほうがいいって言われて」

博士は大きく頷《うなず》くと、ミライの肩をポンと叩いた。

「今は虹の翼がなくなって良かったと思うよ」

「どうしてですか⁉」

「トンプソンたちの黒い組織に狙われることなく自由に動ける」

「あ、そうか——」

「ミライちゃん、どんな現実にも、良い面と悪い面がある。現実自体はいつだって、『中立』で、ただそれが起こっただけのことでしかない。それを『いいこと』と思うか、『悪いこと』と思うかで意味が変わる。その解釈しだいで『気分』は良くも悪くもなる」

「そうですね……、その事実をどうとらえるかって大事かも……」

「大丈夫だ。きっと君の翼は戻ってくる」

大きく何度も頷《うなず》きながら博士はミライを励ました。


ミライはケントのことが気にかかり、彼の通う小学校に向かった。

午前中の授業の最中なのだろう、校庭には誰もおらず、校舎からは時折ざわめきが聞こえてくる。

校庭に忍び込み校舎を窺《うかが》うと、一階の窓際の席に座っているケントを見つけた。

(良かった、無事だった!)

ミライは安堵《あんど》に胸を撫《な》でおろして、ケントの様子を見守った。

彼は一生懸命何やらノートに書いている。あまりに真剣に書いているのでなんだろうと好奇心がわいたミライは、博士がくれたペンに装備された望遠鏡をかざして覗《のぞ》いてみた。

教壇の女性教師がつかつかとケントの席に近づくと、彼のノートを取りあげるところが大写しになった。ノートに書かれている数式は、ケントの記憶を追体験したときに見たものと同じものだ。

突然、バンッ! と教師が机をたたいた。

　ケントが身体をビクッと硬直させる様子が遠くからでも見てとれる。それほど激しくケントは衝撃を受けていた。思わずミライは駆けだした。柵《さく》を越え、ケントがいる教室めがけて走っていく。

　教師がケントの頰を引っ張ってお説教している言葉が、耳に飛び込んで来た。いつもケントは授業を聞いていないだの、だから落ちこぼれだの、そんなことだからイジメられて当然だの、ヒステリー気味の声でまくし立てている。

「きゃ――――っ」ケントが両耳を塞《ふさ》いで悲鳴をあげた。

　教師が叫んだ。

「誰か教員室に行って救急車を呼んで！　病院に強制入院！」

　ミライは反射的に窓から中に飛び込むと、ケントに向かって叫んだ。

「ケント、おいで！」

　ケントが驚いた顔でミライを見た。

「先生、わたし、ケントの姉です。わたしのほうで病院には連れていきますのでご心配なく」と言い放ち、ケントの手を取り教室を飛び出した。

　ミライはケントを、母親とふたりで暮らすアパートの前まで送っていった。

「ケント君、この前逢いにいったの覚えてる？」

「君に逢いたくて、2035年の未来からやって来た」

「……」

「僕は虹の翼を持つ者を探してるんだ」

「……」

「これからこの地球は大変なことになる。国の五分の一が海に沈み、多くの人が亡くなる未来がやってくる。でも虹の翼を持つ者が五人一緒に空を飛んだら歴史を変えられるんだ！　それに監禁されたり辛《つら》い思いをしている仲間を助けられる！」

「……」

何を言っても、ケントは黙ってミライをじっと睨《にら》みつけている。

「僕は虹の翼がなくなって、もう君の翼も見えない。だから力を貸して欲しい」

初めてケントの唇がかすかに動いた。

「え、何？　なんて言ったの？」ミライは勢い込んで訊ねた。

「どうしたら……虹の翼をなくせるの？」

「え？」

「僕もなくしたい……」

ケントは心の底から真剣に虹の翼を捨て去ることを願っていた。虹の翼があることで、「普通じゃない」と言われる。そんなケントの養育を巡って、両親は喧嘩《けんか》し離婚に至ったのだと言う。

「僕にこんなモノがなかったら、パパもママも仲良しだったのに！　ママ、夜になったらお布団の中で泣くんだ。僕のせいで……僕にこんなモノがあるから……」

うんざりだというふうに顔を歪《ゆが》めるケントの両肩を、ミライはそっとつかんだ。

「君は悪くない。君の翼にはとんでもないパワーがあるんだよ。たくさんの人を幸せにする力が」

ミライは一生懸命伝えようとした。

ケントがじろりとミライを睨《にら》んだ。

「じゃあなんで、お兄さんは翼をなくしたの？」

「それは……」

「コレがなかったら変な大人に連れ去られることもないでしょ！」

「君、もしかして黒い集団に拉致《らち》されたことがあるの⁉」

みるみるケントの顔が青ざめた。

「知らないよ！　僕はそんなこと知らない！　ママを殺したら許さない！」

そう叫ぶと、猛ダッシュで駆け去ってしまった。

ママを殺す……？　ケントが吐き出すように言ったその一言に衝撃を受けた。おそらく想像ではない、その事実に怒りで握りしめた拳《こぶし》が震える。

ケントが初めて会ったときからずっと、虹の翼がないふりをしているのは、おそらくトンプソン一族に口を封じられているからだ。ママの命と引き換えに……。

(許せない！　幼い子供の母親を思う気持ちにつけ込んで支配しようとするなんて！　なんとかしたい！　お母さんに危害を加えられるかもしれないという、ケントの恐怖を取り除いてあげたい！　どうすればいい……！)

ケントの苦悩を思うと、いてもたってもいられない。

ミライは頭をフル回転させ、解決策を見いだそうとした。

可能性があるとすれば、トワ以外にふたりの虹の戦士を見つけることだが……虹の翼を失った今、ミライひとりでは虹の戦士を見つけることはできない。まずは自分の翼を取り戻すのが先決だ。博士が言うように、精神的ショックで一時的になくなっているだけなら、心が癒されれば翼も戻ってくる可能性が高い。今できることは、自分の出生の秘密を明らかにすることだけだ……。そう思ったミライは足早に歩き出した。

海岸には、海に突き出た小さな磯《いそ》があり、海女たちがウニやアワビを採っている。ミライは、向こうからは見られないように岩場の陰にしゃがみ込んだ。

観察していると、中でももっとも長く潜れるのがさくらだった。

この時代は、こんなふうに潜れるほど水質も綺麗《きれい》だったのだと思うと、海で泳げなくなってからのさくらの失望が今更のように胸に迫る。

海水が汚染されてから、さくらは漁ができなくなったことについては愚痴のひとつも言わなかったが、泳げなくなったことだけは辛《つら》いと弱音を吐いていた。海女だったさくらにとって、陸よりも海の中のほうが自由に身体を動かせたのだろう。それはミライも同様だった。

この青い海の前では、2035年に戻ったときに再発した右上腕部の激痛がさっぱりと消えている。

海女たちはひとしきり漁をすると、獲物がどっさり入った網籠を肩にかけて浜に戻っていく。ミライはさくらに気づかれないよう、足音を忍ばせて後をついていった。

さくらは、浜に立つ公衆トイレの前で、談笑していた海女の仲間たちに言った。

「今日はここで着替えて帰るから」

「あら、珍しい。どこかにお出かけ？」

「まぁねぇ」

トイレに入るさくらの後ろ姿を見て、ミライの心臓が早鐘のように打ち始めた。何かが起こる予感がする。わざわざ公衆トイレで着替えをするさくらの様子は明らかに奇妙だ。

着替えをすませたさくらは、そのまま近くのスーパーまで網に入った魚介類を担いだまま歩を進めた。漁での収獲を換金しようと、店長に交渉する様子が見えて、何かが起こるかもしれないというミライの予感は確信に変わっていく。

スーパーから出たさくらは、山の奥深くに通じる道をひょいひょいと飛ぶように歩いていく。それは隠れるところもない一本道で、ミライは、さくらが後ろを振り返るかと思ってヒヤヒヤしたところで、ふと気がついた。今のミライは、どうみたって現代の若者だ。まさか自分が育てている赤ん坊がここにいるとは思いもしないだろう。

三十分ほど高低差のある山道をくねくね歩いていくと、右手に茅葺《かやぶき》の立派な門構えの屋敷があった。門を入ると楓《かえで》や桜などの樹木が繁る森の中に、川が流れる大きな庭がある。さくらは迷いのない足取りで庭を横切っていく。ミライも人気《ひとけ》がないのを確かめるとあとに続いた。

庭の坂道を下ったところで、いきなり視界が開けると茅葺《かやぶき》の母屋が建っていた。ミライは物陰に身を寄せた。庭に面した縁側で、さくらが赤ん坊を抱いた女と話している。

差し迫った様子で、さくらにおくるみの赤ん坊を手渡していた女だ。あの後、さくらと関係をつくっていたということか。

「さくらさん、おかげさまでゆっくりこの子に別れを言う時間が取れました」

「どうしても行くって言うの？」

「はい……このままではこの子の命が危ない……さくらさんが引き受けてくださって本当によかった……。お願いします。この子、この前も言った通り男の子として育ててくださいね」

ミライは、我が身に関わる重要なことだと身を乗り出して聞き耳をたてた。

さくらが答えている。

「でもこの子は女の子でしょう？　男の子として育てるなんて、そんな不自然なこと……」

女が腕の中の赤ん坊をじーっと見つめてつぶやくように言った。

「ミライ、そうじゃないとあなたの命が危ないの。だからママを許して。さくらさんの言うことをよく聞いて、元気な男の子として育つのよ」

「ねぇ本当に行かなきゃいけないの？　子供は母親と暮らすのがいちばんの幸せだと思うのよ……」

さくらが眉《まゆ》の間にくっきりと深い皺《しわ》をつくった。苦しんだときに出る癖。ミライはよく、「ばぁちゃん、額にタコができるぞ」とからかったものだ——。

女はさくらに赤ん坊を手渡すと、テキパキと荷物をまとめ始めた。さくらが女の手を押さえる。諦めきれないというふうに。

「ここの当主は、この家の管理を任せる人を探してるの。この家にいれば見つからない。何も赤ん坊と離ればなれにならなくても、食料は私が運ぶから、ここに隠れていたらいい」

女はさくらの手を両手で握った。

「ありがとうございます。でもあいつらはそんなことじゃ追い払えません。さくらさんのことだっていつばれるか……。こんな大変なことに巻き込んですみません」

頭《こうべ》を深く垂れた女の両手を、さくらの両手が包み込んだ。

「いいのよ、そんなことは。困ったときはお互いさま。助けたり助けられて生き延びていくの」

女が覚悟を決めたように正座しなおした。

「さくらさん。恐怖を与えてはいけないと思ってお話ししていなかったのですが……この子の父親は、この子と私を守るために、組織が追いかけてくる車の前に飛び出して亡くなったんです」

「え……」

さくらが驚いたように息を呑んだ。聞いていたミライも背筋が凍った。ひやりと冷たい刃《やいば》を突きつけられたようだ。

女が両手をついた。

「私は夫が命をかけて守ろうとしたこの子を生かしたい。さくらさんが術を使って翼を隠すという噂《うわさ》を聞いて、この街に来たんです。トンプソン一族は、虹の翼の子供が女の子だというところまでつかんでいます。私がこの街に来たのは知られてしまったので、この街の女の子はひとり残らず調べられます。国のマイナンバー制度の情報があいつらに筒抜けで、隠し通すことなんてできない。さくらさんの術でこの子の翼を隠し、男の子として育ててください。もうそれしか、この子の命を救う道はないんです」

女は額が床につくほど深々とお辞儀をした。

「顔をおあげなさい」

さくらが耐えられないというふうに顎《あご》を横に一度振った。

「あなたの言うことはわかりました。だけど女の子であることを偽り、この子にも翼の意味を隠したら……この子は偽物の人生を生きることになるのではありませんか。虹の戦士が地球を救うためにやって来たのであれば、その使命を果たせないことになるかもしれませんよ」

さくらの声は厳しさを帯びていた。そんな酷なことを言わないといけないのは辛《つら》いに違いなかったが、本当に引き受けるなら、そこまで訊ねておくべきだという覚悟のようなものが見受けられる。

女がさくらの顔を、ひたと見つめた。

「使命を果たさなくてもいい。地球が滅びてもいいから、この子に一分一秒でも長く生きて欲しいと思うことは私の我儘《わがまま》でしょうか……？」

女の目から一粒の涙が零《こぼ》れ落ちた。

さくらが何か言いそうになるのを遮《さえぎ》って続けた。

「ええ。我儘《わがまま》だってわかってます。だけど夫は、この子が虹の翼を持ってるから命がけで守ろうとしたわけじゃない。愛してるから……」

ミライは立っていられなくなって、膝を折って口を覆《おお》って声が漏れるのを防いだ。嗚咽《おえつ》がはじけそうだ。

(僕は……愛されていた……こんなにも……。母だろうこの女《ひと》も、自分を守るために亡くなった父も……。そしてばぁちゃんは、この母の言う通りに自分を育ててくれたのだ。そこにどれほどの苦労があったことだろう。学校に行かせなかったことも、男として育てたことも、すべて僕を守るためだった——)

ミライは、自分に関わった人たちの愛の深さに胸が震えた。一瞬でもさくらの愛を疑った自分が恥ずかしい。

「ごめんなさい、ばぁちゃん……」

さくらに向かって頭をさげる。

女が立ちあがった。

「これ以上長居してはあいつらに居場所がわかってしまう。携帯をわざと電車に忘れてGPS機能で追い払ってきたけど、今頃はばれていることでしょう。行かなくては」

「本当にもうこれで……？」緊張をはらんだ声で、さくらが問うた。

女が大きく頷《うなず》いた。

「この子をよろしくお願いします。もしもこの子が二十歳《はたち》になるまで無事でいられたら、逢いに来ます」

深々とお辞儀をする女に、さくらがさっき換金したありったけを両手に握らせる。

「ごめんよ、こんな裸のままで……」

「さくらさん、こんなことまでは」

「持っていきなさい。そのかわり約束して。絶対にこの子と私に逢いに来るって」さくらの声がかすれた。

「はい。必ず」

女が両腕を広げて、赤ん坊ごとさくらをぎゅっと抱きしめた。

そしていきなり駆けだした。いっさいの未練を断ち切るように。

ミライは慌てて後《ひと》を追った。追わずにはいられない。

（今の僕ならこの女の力になれる。赤ん坊のときの無力な僕じゃない。守られっぱなしだった僕じゃない。僕がこの女《ひと》を守る……！）

そう心に刻んで全力で走った。

ミライは山道を駆けおりて、海沿いの道を足早に歩いていく女を見つけた。

慌てて追いかけ、なんと声をかけようか躊躇《ちゅうちょ》したそのとき、女の脇に黒いワゴン車が音もなくぴたりとついた。女は車を見るやいなや踵《きびす》を返して、もと来た道を走り出した。

三人の男たちがワゴン車から飛び降りると、女を追いかけ走っていく。

ミライは、女のもとに駆けつけようと必死で走った。

しかし女の先が崖上で行き止まりになった。男たちは走るのをやめ、大股で女に迫っていく。立ちすくんだ女の長いコートの裾《すそ》が、強い海風に吹かれて大きくはためいている。

ミライは全力で走った。あと十数メートルとなり、ミライが声を出そうとしたとき、女がいきなり海に飛んだ。男たちが、その行く末を確認しようと崖下を覗《のぞ》き込んだが、走って来るミライの気配に慌ててバラバラと車に駆け戻ると、急発進で去っていった。

ミライは必死で駆け寄ると、慌てて崖下を覗《のぞ》き込んだ。

女の身体が白い濁流《だくりゅう》に呑み込まれるのが見える。

「お母さん！」

思わずミライの口から叫び声が漏れた。

「お母さん！」

ミライは叫びながら、ウィンドサーフィンの帆《セイル》を広げ海上に飛び降りた。

しかし風は強く、いつも味方だった風までもがミライを見放した。女が落ちた地点とは反対方向にどんどん流されていく。

ミライはボードの上から海に飛び込むと、女がいるだろう場所に向かって懸命にクロールした。激しい波がミライを呑み込み、そこにあった岩に叩きつけた。強打した腕はこすれて血が流れる。

ミライは号泣しながら叫んだ。

「お母さん！　お母さん！」

それは、この生涯で一度も呼んだことのない、憧れの呼称だった。

「お母さ～ん」

ミライの叫ぶ声は、風に吹き消された。

海に沈んだ母の耳に届くはずもなかった――。

翌日、ミライは博士の家のパソコンで見たニュースで、母の死を知った。

溺死体で発見され、自殺の可能性が高いと報じている。

女の名前は「ヒラマツソラ」。

「ソラ……」

名前をつぶやくミライの目に涙が盛り上がる。さくらに必死で土下座した姿が瞼《まぶた》に浮かぶ。母は自分を守るために死んだのだ。そして父も……。自分が翼を持って生まれたがために。

「僕は……生まれてこなければよかった……。僕のせいでみんなが不幸になる……」

強い悔いが言葉になって零《こぼ》れる。

博士は哀しい目で、ミライを見つめた。

「どうして……どうして……僕はこんな使命を背負ったんだ！　普通がよかった。翼なんか持って生まれなかったら、きっと今も、お父さんとお母さんは生きていたはず……」

ミライの脳裏に、両親と自分がたわいもないことで笑って食事をしているイメージが浮かぶ。その笑顔のなんと尊いこと……！

ふいに、ミライが何かに気づいたようにハッと顔をあげた。その眼差しには強い光が宿っている。吐き出すように言葉を発した。

「博士、このままだと、今はまだこの時代にはある『普通の幸せ』が壊されてしまう。全部全部黒い海に沈んでしまう。たくさんの人が、今の僕のように悔いと怒りでのたうちまわることになる！　そんなことあってたまるか！　こんな哀しい想い、誰にもして欲しくない！」

ミライは涙を零《こぼ》しながら、身体の中で暴発しそうな怒りをぶつけるように、壁に向かって拳《こぶし》を突きだした。ゴツン！　と拳が硬い壁にあたって、痛みが身体に広がっていく。

「ミライちゃん！」

博士が驚いて、ミライを背後から抱きしめて止めようとする。

「ああ！！！！！」

ミライの口から哀しみと怒りが絶叫となって飛び出した。

「博士、こんな痛みなんてなんでもない！　すべてなくしてしまう心の痛みに比べたら！　僕は、お父さんお母さんを殺してしまった……その罪の重さに比べたら！」

博士の頬を涙がポロポロ流れていく。ミライの哀しみと怒りが伝染して、心の奥底に閉じ込めがまんしていた激情が飛び出しているようだ。

小刻みに震えながら泣いている博士の腕の中で、ひとしきり泣いていたミライは涙をぬぐって言った。毅然《きぜん》とした決意に満ちた声で。

「もしも僕に、まだ人類を救う、歴史を変える力があるのなら、やってみる」

「ミライちゃん……」

涙でぐちゃぐちゃの博士の顔がさらに歪《ゆが》んだ泣き顔になる。

「早く、虹の翼を持ってる者を探さないと……」

しかし翼をなくした今のミライには、誰に虹の翼があるのか見極めることもできない。思い悩むミライは、ふと、トワの言葉を思い出した。トワはアイドルとしてテレビに出演することで、虹の戦士たちをおびき寄せる役割を担わされたと言っていた。ということは、イワシロは今この瞬間も、トワを広告塔にして虹の戦士をおびき寄せているのではないか？

ミライはいてもたってもいられなくなり、心配する博士に「何かあったら必ず助けを求めるから」と断って、トワの所属事務所があるビルに向かった。

タレント事務所は、都心の山手の瀟洒《しょうしゃ》な高級ブティックが並ぶ通りに聳《そび》え立つ高層タワーマンションの中にあった。

玄関には警備員が配備され、身分証のついた入館カードを持たない者、訪問を許可されない者は入れない仕組みになっている。

ミライは途方にくれた。勢いでここまで来たものの、社長のイワシロに会って、突然いなくなったことを謝罪し、再度受け入れてもらわなければ意味がない。

ミライは目を瞑《つぶ》り祈った。どうかこの状況を打開してください。僕の使命が人類にとって真実なら、僕にチャンスを与えてください。

　ふと気配がして目を開けた。ミライの目の前はビルのガラスになっている。そのガラスに光が反射されてミライの姿が映っている。

　ハッと目を見開いた。

「！……翼が！」

　ミライの背に翼が戻っている。迷いが消えたからかもしれないと、ミライは思った。翼があるということは、その能力が蘇《よみがえ》ると同時に、それを弾圧しようとするトンプソンたちに狙われるということだ。だが今のミライは、これが自分の運命ならば、この道を精いっぱい生きようという覚悟が決まっていた。

　そのとき、十代後半くらいの少年たち七人が、くたびれた中年男性に引率されてやって来た。少年たちはみな端正な顔立ちで、人目を引く華やかなオーラがある。中年男がマネージャーなのだろう。一団に向かってくどくどと説教ぽい口調で話し始める。

「とにかくイワシロ社長は芸能界でもっとも力のある人だから。その人が気に入ったら明日からスター街道まっしぐら。今日のオーディションは一生に一度あるかないかのチャンスだと思って欲しい。いいね」

　そう言いながらひとりひとりの顔をねめつけるように見ていく。そして離れたところに立っているミライに向かって言った。

「君、そういう控えめな態度は芸能界で損するよ。かといって、ガッガッしてるのもみっともないが。じゃあ行くか」

中年男が先頭に立ってビルの中に入っていく。

(タレントに間違えられた……? だとしたら、この人たちについていけばイワシロに会えるかもしれない……)

ミライは、少年たちにまぎれてあとに続いた。

一同が向かったのはオーディション会場で、トワの主演映画の相手役を決めるものだった。三十人ほどの青少年たちがいる待合室で台詞《せりふ》を渡された。それで演技力を見るのだろう。ミライが台詞《せりふ》を頭にいれたところで、部屋にいた全員が審査員室に導かれた。

部屋に入った途端、少年たちが一斉に上半身裸になり始めた。

驚く間もなく、固まっているミライにブラックスーツを着た若い社員の男が近づいてきた。

「早く脱いで。今度の映画は海辺の話だから、一次審査は脱いでもらうって伝えてあったでしょう」

「僕はそんなつもりじゃ……」

「何を言ってるの。早く脱ぎなさい！」

若い男は不自然なほど荒々しく、ミライのＴシャツをたくしあげ脱がせようとする。

「やめろよ」

小さく逆らったつもりが、ミライと男の小競り合いに見えたのだろう、一斉に一同の視線がふたりに集まる。

一番奥にいた男がじろりとこちらを見た。イワシロだった。

イワシロはミライが女性だと知っている。なんとか止めてくれるのではと期待したのも束の間、スイッと視線をそらしてしまった。

こんなところで洋服を脱いでストリップをする勇気はなかった。ここは退散しかない。執拗《しつよう》に迫ってくる若い男の手を払いのけた、そのとき。

「すみません、オーディション受けるの俺です……こいつ、俺の付き人なんで勘弁してやってください」とヤマトが入って来た。

「ヤマト⁉　どうしてここに⁉」

驚くミライにヤマトが囁《ささや》いた。

「博士が洗濯機で手紙送ってきたんだ。お前がめげてるって。もうちょっとあとに来ればよかった。貧乳が拝めたのに」

「な、なんだよ！」

ミライは耳まで真っ赤になった。赤くなったことで余計に動揺が強くなる。目の前でヤマトがガバッとTシャツを脱いだ。今日も下着の代わりにマリンスポーツ用のアンダーウエア、ラッシュガードを着ている。ヤマトがラッシュガードに指をかけて、一瞬ためらうようにミライを見つめた。

（え、何かあるの？）

そう言えばヤマトは、どんな暑い日でもラッシュガードだけは着ていた。初めてふたりで海に行って泳いだ日もそうだ。よほど日焼けが嫌なのかと思っていたが、もしや見られたくないものでもあるのか？　まさか入れ墨……？

そんなことをミライが思っていると、意を決したのか、ヤマトがラッシュガードを脱いだ。よく鍛えられた筋肉のついた厚い胸板が男らしく、ミライは見ていられなくて目を背けた。

突然、若い男の他に三人の屈強な体格をしたスーツ姿の男たちが足早にふたりに近づいてくると、もっとも年嵩《としかさ》の長髪を後ろに束ねた男が声高に告げた。

「このふたりが合格しました！　今日のオーディションは終了します！」

「ええ!?　台詞《せりふ》は!?」「なんなんだよ、もう終わり!?」などと場内は騒然となった。みな、演技テストがあると思って台詞《せりふ》を覚えたのだから当然だろう。

しかしイワシロは、無表情のままスタッフに囲まれるようにさっさと室外へ出て行った。ミライとヤマトは四人の社員に囲まれ部屋から連れ出された。ヤマトがTシャツを着る、その背を見たミライは、驚愕《きょうがく》に目を見開いた。

ヤマトの背には、翼の折れた痕《あと》が残っていた。

(ヤマトは虹の戦士!? どうして翼が折れた!?)

あまりの驚きと質問で頭がいっぱいになったが、ゆっくり口をきく間もなく、ふたりはビルの表に停まっているワゴン車に乗せられた。

走り出した車の中にはひとりの少年が乗っている。

ミライとヤマトは目を見合わせた。

(どうなってるんだ、これは……?)

ふたりは、何かがおかしいという感覚を目くばせで知らせ合った。

「君たちも合格? 良かったですね!」

少年が話しかけてきた。

「けど、三人も受かるなんて……主役はこの中から決まるのかな?」

喜びと不安の声をあげる少年は、どうやらオーディションに受かったらしい。

「ねえ、背中見せて!」

少年が戸惑うのもかまわず、ミライは少年の背を覗《のぞ》き込んだ。

「……!!」

そこには固く閉じてはいるが虹の翼があった。

同じように虹の翼を持つミライと、その痕《あと》を背に残すヤマトの三人が合格し、どこかに連れて行かれようとしている。

(偶然なのか!?)

ヤマトがウインクをすると、大きな声で鼻歌を歌い始めた。

ミライはヤマトの意図がわかって、少年に顔を近づけると囁《ささや》いた。

「逃げろ！　これは虹の翼を持ってる僕たちを捕まえる罠《わな》だ」

少年の顔色がサッと変わった。彼も虹の翼でさんざん苦労してきたに違いない。一瞬で状況が理解できたはずだった。

「でもトワさんはアイドルになってるし」少年が未練がましく言う。

「そのトワから聞いたんだ。虹の戦士をおびき寄せるエサに使われてるって」

その一言が少年を打ちのめしたことは、彼の顔色でわかる。

突然ヤマトが歌うのをやめると、腹を押さえてのたうち始めた。

「痛い。腹が痛い。手洗い行きたいんだ！　停めてくれ！」

ヤマトの切羽詰まった様子に、車を汚されたら困るとでも思ったのか、運転している若い男が、目と鼻の先にあったコンビニの駐車場に車を急転回させた。

停車するやいなやドアを開けたヤマトは、少年を先に降ろすと、ミライの手をつかんで飛び降りた。

三人の思惑に気づいた運転席と助手席に乗っていた男ふたりが、大声をあげて追って来る。

「待て！　お前たち、スターになりたくないのか!?」

「その手にのるか！」

ヤマトが振り向いて叫んだ。自分たちを追わせて少年を逃がそうとしているのだ。

ミライとヤマトは手をつないで、少年が逃げたのとは逆方向の雑踏の交差点を右に左に駆けた。

息がはずむ。心臓が跳ねる。男たちはすぐ後ろに迫ってくる。しかしミライは怖くない。ヤマトがいる……。ヤマトも虹の翼を持っている仲間だった……。そのことがミライに勇気を与え、ヤマトの手のぬくもりが大きな安心をくれる。

「あっちだ!!」

ふたりは、ファッションビルに逃げ込んだ。

エスカレーターを駆けのぼると、男たちも追ってくる。

「やばいよ、ヤマト！」

駆けのぼった階は女性ファッションフロアだ。ヤマトとミライは咄嗟《とっさ》にフィッティングルームに逃げ込んだ。

男たちが目を皿のようにして、あちこちをうろついて捜している。怒りで真っ赤になった男の顔が、カーテンの隙間から見えた。どんどんこっちに近づいてくる。

「今、試着室に入って行ったふたり、男性じゃない……?」

店員たちのひそひそ声を聞きつけた追っ手の男が、もうひとりの若い男を呼び寄せた。

万事休すだ。ミライとヤマトに逃げ道はない——。

男たちはフィッティングルームから出てくる客を睨《にら》みつけるように眺めている。何着もの洋服を持ったバーゲンに浮かれた女たちが往来している。生き生きとたくましい女たちを眺めながら、うんざりしたように年嵩《としかさ》の男が口を開いた。

「ったくもう女ってどうしてこんなに買い物に命《ひど》かけられるかね」

男の口は、女房が買い物に行ったらどれほど酷い行動をとるか、怒濤《どとう》のように吐き出し始めた。若い男はいつもの愚痴だと聞き流しながら、一組のカップルがフィッティングルームから出てくるのをとらえた。

カップルは目の前を通り過ぎていく。

「どうした?」

嫁の悪口をさんざん言っていた男が尋ねる。

「いや、なんかあのカップルが気になって……」

「なんだって？」

愛妻家の男が、若い男の見つめる先を振り返った。カップルが壁の向こうに消えていく。

カップルはミライとヤマトだった。脱出に窮したヤマトが、そこにあった女性物のドレスをミライに無理やり着せたのだ。

ミライは初めてのスカートの足元が、ふわふわと風通しが良すぎて居心地が悪い。しかし文句を言ってはいられない。ヤマトと腕を組んで仲の良いカップルを装い、男たちの関門を通り抜ける。

壁を曲がり男たちの死角に入ってホッとしたのも束の間、男のだみ声が聞こえてきた。

「こっち行ったよな」

男たちがふたりの姿を目に入れるまで数秒だろう。もう逃げる暇はなかった。

（どうしたらいい？）

ミライはヤマトを見上げた。

そのときだ。

ヤマトの顔が落ちてきてミライの唇を塞いだ。

(え⁉ 何これ⁉)

青天の霹靂《へきれき》で呼吸もできない。

男たちは、ふたりがキスしているのを見ると「こんなところで乳繰りやがって若造が！」と、壁をガンッと蹴りつけて去って行った。

「まったくお前の言うこと聞くとろくなことにならねぇ」と若い男を叱る声が遠ざかっていく。

ヤマトがミライから唇を離した。

ミライは呆然《ぼうぜん》として動けない。

そんなミライの気持ちにはまったく気づかないふうでヤマトが「今のうちだ。行くぞ！」とドアを開けて外に出ると、非常階段を降り始めた。

ミライは、混乱したままついていった。

(何が起こったのだ？

今、ヤマトとキスした？

したよね？)

ミライは、ヤマトの背を見つめた。

ヤマトは普段と変わらない。

ミライは身に起きた突然の出来事を消化できず、混乱したまま階段をおりた。

博士の家に帰る電車に乗って、ミライの戸惑いと混乱は最高潮に達した。あのキスは追っ手をごまかすためとわかってはいる。しかしそんなことをしたヤマトの気持ちが気になってたまらない。キスする前と何ひとつ変わらない彼の態度が苛立ちの原因になる。

(何を考えてるの？

どうしてキスなんかしたの？

僕のことをどう思ってるの？)

本当に訊きたいこと。

死んでも口に出せない言葉。

『ボクノコト　スキ？』

ヤマトの心を切り裂いて、そこにある気持ちを取り出したい。

その気持ちの小さなかけらに、ほんの少し、僕を好きだという気持ちがあったなら……。

あったなら……。

(ああ、もう考えたくない！　うんざりだ！)

世界を救うという大事を前に、思い煩《わずら》う自分が鬱陶《うっとう》しい。

強烈な葛藤を押し殺して、オーディション会場から引っかかっていた疑問を口にした。

「ヤマト、虹の翼持ってたんだね？」

ヤマトは沈黙したまま手に持っていたミネラルウォーターをごくりと飲んで、窓外に目をやった。窓の外には夕闇の空の下、ぽつりぽつりと灯りがつき始めた街が広がっている。

「どうして、虹の翼、折れたの？」

ヤマトの顔が歪《ゆが》む。しかしそれも一瞬のことで、驚くほど素早く無表情に戻った。

この話題に触れられたくないのだと、ミライにはわかった。口に出すだけで心の傷口が開きそうで痛いに違いない。それでも涙ひとつ零《こぼ》さず、淡々とヤマトはそこにいる。

ヤマトの細くて長い脚が目に入った。

貧乏ゆすりをしている。

（ああ、この人はこうやって心の傷にたったひとりで耐えてきた）

そんなことがいっぺんにわかってしまった。

ミライはたまらず、ヤマトの背に手を伸ばして触れた。言葉にできない哀しみなら、せめて一緒にいるよと伝えたい――。

その瞬間、ミライの脳裏に映像が流れ込んできた。

さくらの臨終のとき、そしてケントと出会ったときに起こったのと同じだった。

『縁起というものがこの世界の真理なんだよ』

七歳くらいの幼い少年が生意気な口調で言った。

公園の一角で、少年のまわりに人垣ができている。大人たちが少年の話に耳をすませている珍しい光景。

『縁起っていうのは、つながりのことね。僕たちはみんな、バラバラに生きてると思ってるけど、本当は『ひとつ』なんだよ。タケノコ、あるでしょ？　タケノコは、地面の中では根っこでつながってるって知ってる？　あれと同じね。だけど僕たちは、地表のタケノコだけ見て、つながってないという錯覚の中にいるんだよ』

『面白いこと言う子だねぇ。私とあなたがつながってるということ？』

ネギが飛び出しているスーパーの袋を持ったおばさんが茶々を入れた。

『そうなんだよ、おばちゃん。僕とおばちゃんはひとつ』

『あらま』

中年の女性が嬉しそうにつぶやいたので爆笑が起きた。

『僕がおばちゃんで、おばちゃんが僕。世界もそうなんだよ。僕が世界で、世界が僕』

『難しいこと言うねぇ。だったら何もかもがひとつってことじゃないか。それじゃ、まるで、みんなで一緒に風呂に入ってるようなもんだ。わっはっは！』

杖《つえ》をついた老齢の男が冗談を言ったので、またみんなが笑った。

だが少年は真剣だ。

『うん。そういう表現もできるかもしれない。そのお風呂に入ってるみたいな『ひとつ』の意識が『本当の自分』なんだよ。それを僕たちは『神さま』と呼んでる。その神さまが、魂を分けて身体に入ったのが人間なんだ。でも自分が神さまの一部だってことを忘れる。そこに不幸があるんだ。そしてね、この世に起こることは、『神さまの自分』が創ったもの。だからいいも悪いもないんだ。起こったら起きたことを『それでいいんだ』ってただ受け止めればいい。抵抗するから長引くんだ。現実は、ただ起きて過ぎ去る。いいことも悪いことも。変わらないものは何もない、それがこの世で変わらないたったひとつの真実さ』

少年は話を止めて一同の顔を見回した。少年の真っ黒に日焼けした顔が輝いている。

そして、その背には、とても大きな七色に輝く虹の翼があった。

『にいたん』

幼い子供の声がした。

三歳くらいの幼児がチョコチョコとやって来ると、虹の翼を持った少年に抱きついた。

『おかあたんに怒られるよ。にいたん、虹の翼広げちゃダメ』

虹の翼を持った少年が、幼児を抱き上げると言った。

『拓《ヒラク》、僕にはやらなきゃいけないことがある。拓も僕と一緒にやるんだよ』

『僕もにいたんと？　わ〜、やる。拓、にいたんと一緒に遊ぶ』

虹の翼を持った少年はヤマトだった。幼児の拓はヤマトの弟か。

映像の時間は長かったのに、見ていたミライにとっては一瞬だったのだろう。電車はまだ次の駅にも着いていない。

ミライが記憶を読んだことがわかったように、ヤマトがつぶやいた。

「最低なんだよ、俺は」

その瞬間ミライの脳に新しい映像が入って来た。ミライの身体は衝撃にグラリと揺れた。

ヤマトの家の庭だった。七歳のヤマトと三歳の拓がいる。

ヤマトの前に憤怒《ふんぬ》の顔の両親がいた。

『ヤマト、何度説明したらわかるの。変なことを言ったらダメだって言ってるでしょう』

苛立った声で母親が言うのに、ヤマトが顔をあげて言葉をはっきり区切って言った。

『こ、れ、は、僕のシ、メ、イなんだ。僕が持ってきた『虹の智慧《ちえ》』『木の智慧』をみんなに伝えないと……』

『何が智慧《ちえ》よ。『みんな神さま』だなんてありえない。だいたい翼があるなんて嘘《うそ》』

母親は大げさに身震いをしてみせた。

反抗するようにヤマトが遮《さえぎ》る。

『最近はたくさんの人が真剣に聴いてくれるようになってきたんだよ！』

腕組みをしていた父親が重々しく口を開いた。

『お前のやっていることを好ましく思わない人がいてな。このまま続けたら入院させて思想を入れ替える措置をすると言ってきたんだ』

『え!?』

『私たちはお前の頭が良すぎるだけだと思っていたが、七歳であれは異常だと言う人がいて……病院の子供がおかしいなんて言われたらうちの病院の評判にもかかわる』

『お願いヤマト……助言くださったのはとても偉い方なのよ。そんな方がわざわざ言ってくるなんてよほどのことよ』

幼いヤマトは唇をかんだ。

『邪魔しようとしてるんだ——。僕たちがやろうとしてることを止めようって！』

ヤマトは自分の部屋に駆け込みベッドに突っ伏すと、誰にもわかってもらえない哀しみをぶつけるように拳骨《げんこつ》で枕を叩いた。

拓の声がした。

『にいたん』

拓は、ヤマトの隣に座り込むと、ヤマトの頭を撫《な》でた。

『いい子いい子……』

兄を慰めようとしているのだ。

『拓……僕は止《や》めないよ……どんなことがあったって……この智慧を伝えないと僕は生きている意味がない……』

小さなヤマトの抱える想いが、ミライの中に流れ込んできた。この幼いヤマトには強い信念がある。身体の奥底から『智慧』を伝えたいという情熱が湧きあがっていて、それを抑えることは、息をしながら死んでいるようなものなのだ。

「行こう！」

ヤマトが突然、ミライの腕をつかんだ。電車から降りたのは、途中の駅だ。

「どうしたのヤマト?」

ホームには人気《ひとけ》がなかった。

立ち止まったヤマトがくぐもった声を出した。

「お前にはなんでもわかっちまうもんな。一緒に来てくれ」

大股で踏み出すヤマトの背がいつもよりずっと小さく見える。胸をしめつけられ一瞬足を止めたミライは、小走りでヤマトを追いかけた。


ヤマトがミライを連れていったのは、デパートの屋上にある小さな遊園地だった。

夜の遊園地は、煌々《こうこう》とついた灯りがコントラストのきいた色彩の遊具を、けばけばしく照らし出している。

ミライはスカートをはいているのにいたたまれなくなって、着替えたいと申し出た。

ヤマトは「似合ってるのに」とつぶやいたが、それ以上は何も言わなかった。

鞄の中に隠し持っていた、いつものTシャツとジーンズに着替えたミライは、やっと人心地がついて、ヤマトが誘うコーヒーカップに乗り込んだ。

コーヒーカップを操作するヤマトは、さっきまでとは別人のように明るく振る舞っている。その笑顔が弾《はじ》ける様子に、おそらくミライは鋭い感性がなかったら騙《だま》されていただろう。しかしミライには、その笑顔の下に隠されたヤマトの泣き顔が見えていた。幼い七歳のヤマトが泣いている。

ミライもヤマトにつき合って楽しいふりをした。博士のオヤジギャグがどんなにキツいか話し出すと止まらず、笑いが尽きない。

何度も何度も憑《つ》かれたように、コーヒーカップだけに乗り続けたヤマトは、閉園時間になって電気が消えるとつぶやいた。

無理につくった明るい声から哀しみが滲《にじ》み出る。

「あいつが……弟が好きだったんだ、これ」

ミライは気づいた。ヤマトがここに来たのが初めてではないことに。何度も何度もやってきて何度も乗ったのだ。このコーヒーカップに。たったひとりで乗るコーヒーカップは、どれほどせつなかったろう。だがあえて、傷口に塩を塗るように、ヤマトはそれを繰り返している……。

営業時間の終わりを告げられて、夜の街に出た。

あてもなく歩いていると、川べりにたどり着いた。暗い川面に、道路の橙色《だいだいいろ》の蛍光灯が反射している。

ヤマトは突然立ち止まると、川の流れを見つめたまま訊ねた。

「どこまで俺の記憶見た？」

「いや、まだ何も……七歳のヤマトが、『智慧《ちえ》』を話すのを止められたことだけ……」

「そっか」

ヤマトは口を閉ざしたあとで、大きく深呼吸すると、恐ろしく感情のない声で語り始めた。

「俺、拓を殺した――」

「え――」ミライは絶句した。

ヤマトは、ミライが自分の記憶のすべてを追体験するのはあまりに残酷だと思ったのだろう、自ら話すことにしたようだった。ミライはヤマトの思いやりが胸にしみたが、それほどまでの経験を、小さなヤマトがしたのだと思うと余計に胸が痛んだ。

幼いヤマトは、両親に戒《いまし》められても、『虹の智慧』を話すことをやめなかった。ヤマトの話は、「子供説法」と呼ばれ聴衆が増えていったという。

「ある日、白衣を着た集団がやってきたんだ。俺を捕らえに」

「え？　黒い集団じゃなくて？」

「あのときは白衣だった。今から思えば同じトンプソンの手下だったんだと思う」

「医者のふりで来たんだね？」

「ああ。強制入院だって。俺は逃げた。でも……」

ヤマトの声が途切れたが、一瞬の間の後で、覚悟を決めたように続けた。

「逃げる途中で振り返ったんだ。そうしたら……あいつら、拓を捕まえてた」

「え!?」

「戻って来なかったら殺すって。あいつら、拓のこと、足を片方だけ持ってブラブラさせやがった。拓、泣くこともできないほど怖がってた。なのに俺……逃げた……拓を置きざりにして逃げたんだ……」

ヤマトは両腕の中に顔を伏せた。

ミライはかける言葉もなかった。

(どうしたらヤマトの心の痛みをやわらげることができるというのか……。

僕の両親も同じように自分のせいで死んだ……。気持ちがわかる気がする。だけど、わかるというのはおこがましい。こんな苦しいこと、そこに立った人しかわかりはしない。

どうしたら……この人に……ずっと自分を責めているこの人に……休息をあげられるのか……)

ミライの腕がふわりと動いて、ヤマトを背後から抱きしめた。

ヤマトは身じろぎもせず立っている。

神さま、この人の痛みを僕に分けてください。それで少しでもこの人が楽になれるなら、その心の重荷を僕に背負わせてください。

ミライは祈った。

再びミライの脳裏に映像が流れ込んできた。

『いたぞー!』

人々が山の中を走っていく。

『拓、拓が見つかったって!』

母親が叫んで、ヤマトの先を走っていった。

あとからたどり着いたヤマトは、ぽかん、とした。

叢《くさむら》に拓が落ちている。

いや、もう拓ではない。

それはただの拓の形をした物体で、生の気配はなかった。

拓は逝《い》ってしまったのだ。この国をふたりで拓くようにと、両親が名づけた魂の片割れが……。

ヤマトはよろよろと、その場を離れた。突き出ている木々や岩が、むき出しの脚や腕にぶつかり血が流れる。

大きな岩のそばに出ると、ヤマトは吠《ほ》えながらその岩肌に背をぶつけた。

『死んでしまえ、お前なんか! こんな虹の翼なんか! お前のせいで! お前のせいで！』

叫び続けながら、何度も何度も背を岩にぶつけた。

肩を打った痛みが全身を貫く。それでもやめなかった。虹の翼が、その両翼が根元からボキリと折れてしまうまで、何時間も打ち続けた。

そして意識を失った。

ミライがその衝撃的なシーンを見終わるのを待っていたように、ヤマトが口を開いた。

「俺はお前に嘘《うそ》をついた……俺は本当は、地球の未来も人類の平和もどうでもいいんだ……俺は拓の人生を取り戻したい……あいつを生き返らせるためにここに来た……」

母、ソラの祈るように言った言葉が、ミライに蘇《よみがえ》った。

「地球が滅びてもいいから、この子に、一分一秒でも長く生きていて欲しいと思うことは私の我儘《わがまま》でしょうか……？」

母は自分のことを我儘《わがまま》でもいいと肚《はら》をくっていた。それでも愛しているから守りたい、助けたいと言った……。

そして、ミライもまた、父と母が生きていてくれたなら、虹の翼などいらないと思った。

人類みんなが滅ぶなら、せめてそのときまで両親と暮らしたかったとさえ思う。

なんと自己中心的なのだろう。なんと自分勝手なのだろう。それでも……それでいではないか、とミライは思った。その視野の狭い、我が子を、兄弟を思う気持ちも、愛に違いない。その気持ちに正直になれないで人類の幸せを願えるはずがない。

「いいじゃん、それで。何が悪いの？」

あっけらかんと言うミライを、ヤマトは振り返った。

「ヤマト。拓のことは2024年に起こるんだね？　だからそれまでに歴史を変えようとしたんだね？」

「ああ……」ヤマトが暗い目をして頷《うなず》いた。

「じゃあ変えようよ。僕も『智慧《ちえ》』を思い出すから！　そしてトワさんとヤマトと、そしてケント君。残りのひとりを見つければ五人で空を飛べる！　そしたら歴史は変えられる！」

「いや、俺の翼は折れてるから……」

ヤマトは首を強く横に振った。

「それに俺の『智慧』、聞いただろ。現実をありのまま、『神さまの自分』の創造なんだから『そうなんだ』と受け入れる。んなこと、できっかよ！　俺は、こんな現実を創ったもの、『ひとつ』の意識だか神さまだか知らないが恨んでる。俺から拓を奪いやがって。拓はまだ三つだったんだぞ！　何が虹の使命だ。大いなる意思だ！　拓の命が蘇《よみがえ》るなら、俺は悪魔の手先にだってなる」

一気に吐き出すと、ヤマトはギュッと拳《こぶし》を握りしめた。端正な顔に冷たい怒りが張り付いて、近寄れば刺されてしまいそうなトゲトゲしさ。その強い怒りを、神さまだけではなく、己にまで向けて、ヤマトは自分を痛めつけてきたのだ。

抗《あらが》いようのなかった拓を亡くした事実を変えたい、その執念がヤマトを狂わせている。

あまりにも大きな哀しみの前で、ミライは無力だった。

ただできるのは、荒ぶる魂を抱えたヤマトと一緒にいることだけ。

そしてこの時代では、もう何もできないと感じていた。

この時代の虹の戦士のパワーは奪われすぎている。どこに行けば闇の支配が及んでいないところに行きつけるのか？

それはある――。ミライの直感が確信を持って告げていた。

「教えて……虹の戦士のパワーのもっとも強い時代を……」

閃《ひらめ》きが落ちてきた。

『倭《わ》の始まりへ行け』

それは久しく聞こえなかった『声』だった――。

第六の翼「虹の翼の真実」

博士の山小屋に戻ると、ヤマトは疲れたからと言って、寝室に閉じこもってしまった。十年以上ひとりで抱えてきた苦悩をミライに明かしたのだ。それはそれで心労だろうと、ミライは思った。ミライは博士に、ヤマトが携えてきた『木の智慧《ちえ》』を伝えた。

博士は感慨深げに言った。

「ヤマト君が持ってきた智慧は『禅』で伝えられている『縁起』だな」

「ああ、『縁起』って言ってた。つながりだって」

「私たちは個だと思っているが、本当は網の目のようにつながっているという教えだ」

「小さなヤマトも言ってたよ。僕たちはひとつだって」

博士は大きく頷《うなず》いた。

「それでわかった。私たちは網の目のようにネットワークでつながっている。だから虹の戦士五人が目を覚ますだけで、他の人たちにもそれが伝わり、人類全体の目覚めを起こすことができるんだ」

「北京で一羽の蝶が羽ばたくとニューヨークで嵐が起こるっていう、バタフライ効果みたい」

博士と話しながら、ミライの決意は固まっていた。

「博士、倭《わ》の始まりの時代に僕を送って」

「倭《わ》の始まり……そんな古代にどうして？」

「もっともパワーのある虹の翼を持ってる人がいるみたいなんだ。博士言ったよね、虹の戦士は変革期にあらわれるって。縄文から弥生にかけては、狩猟から農耕へと変わった文化的にも精神的にも価値観が大きく変革した時期だ。パワフルな虹の戦士がいるというのは信じられる。そんな虹の戦士に出逢えたら、僕も自分の『智慧』を思い出し飛べるようになるかもしれない。そして歴史を変えることができるなら、僕の両親も、ヤマトの弟、拓君も死なずにすむ」

「ミライちゃん――」

ミライの想いの強さが伝わったのか、博士は心から感銘を受けたようにミライをしみじみと見つめた。

「博士、今すぐ行きたい。時間がない」

「でもミライちゃん、古代には私はいない。初めて、私がいない時代へのタイムトラベルになる。もしものことがあったら……」

心配する博士を遮《さえぎ》るようにミライが言い放った。

「博士、もうもしものことは起こりすぎるほど起こってる。ここで行かないと打開策はない」

ミライの覚悟が伝わったのか、博士も大きく頷《うなず》いた。

「……わかった。ヤマト君を呼んでくる」

「いや、ひとりでいい。ヤマトは疲れてるはずだから休ませてあげて」

「でもミライちゃん」

「いいんだ、博士。危険なら余計に僕だけのほうがいい」

「……」

博士が眩《まぶ》しげに目を細めてミライを見た。

「……何？」

「私が贈ったネックレス、絶対に似合うよ。初めてここに来た日は、どうみたって男の子だったけど、今は女の子だ――」

ミライはうつむいてつぶやいた。

「ごめんよ博士。でも僕は……自信がないんだ……。自分のこと、女の子だと思うと怖くてたまらない……」

「あ、ごめんごめん。おじさんはつい余計なおせっかいを言ってしまう。おせっかいは不、正解」

ミライは微笑んで準備を始めた。

ミライが洗濯機に入り、博士がタイムマシンのボタンを押そうとするとき、ヤマトの声がした。

「俺を置き去りにする気か」

「ヤマト……」

「俺は弟を救いたい自己チューな理由だけで一緒に行く。だけどお前の役には立つ」

ヤマトは有無を言わさず洗濯機に入った。

ミライは嬉しかった。安堵もした。倭《わ》の始まり——それは想像もできない時代だ。今までのように同じ文化水準の過去に行くのとは違う、大きなチャレンジになるはず。ひとりで行くのは心細かったのだと、ヤマトが同行してくれることになって気づいたミライだった。

「ありがとうヤマト」

暗い洗濯機の中でミライが囁《ささや》いた。

「礼を言うのはこっちだ」とつぶやくヤマトの声は、タイムマシンの振動にかき消されて聞きとれなかった。

タイムマシンの揺れが止まると、しーんと静まりかえる空間だった。

ミライとヤマトは耳をすませた。

物音ひとつしない。

思えば今までタイムマシンに乗ったときは、若い頃の博士がいたので良かったものの、今回は時代も場所も想像がつかない。どんな世界が待っているのか、ふたりは緊張感いっぱいで、洗濯機の蓋《ふた》をそーっと開けた。

着いた場所は洞窟の中らしい。洞窟の天井から落ちてくる水滴が、洗濯機にあたってはねた。

洞窟の入り口は狭く、二枚の岩で両側から閉ざされている。その隙間を縫ってひとりずつ表に出る。

表から見ると、それは巨大な磐座《いわくら》だった。

ヤマトがつぶやいた。

「俺、ここに来たことある……中学の修学旅行で、これがアマテラスが隠れた天岩戸だって聞いた」

ヤマトが中学で行ったときと様子が同じだとしたら、この場所は何千年と時を止めたように存在していたことになる。

「ここ本当に古代なんだよね？」

ミライは不安な顔をヤマトに向けた。

「中学で来たときは神社になってたけど、まだ鳥居もないな」

あたりは鬱蒼《うっそう》とした森で、人気《ひとけ》はまったくない。

ヤマトがどうする？という顔をミライに向けた。

「虹の戦士はどこにいるかわかっているのか？」

「いや、この時代ということだけ。でも虹の戦士の中で、もっともパワフルだという から目立っていると思うんだ。とりあえず、人がいるところに行こう」

「しかし集落がどっちにあるのか……」

途方にくれているヤマトに、ミライが木立の隙間から見える山頂を指差した。

「あの頂上に登ったら様子がつかめる！」

ふたりは山を登ることにした。楠《くすのき》や樫《かし》の樹が生い繁る急勾配の道なき道を一歩一歩踏みしめていく。

しかしすぐ近くだと思っていた頂上は思った以上に遠い。足場が悪いので時間がかかる。

太陽が西に落ち始めて、ふたりは慌てた。

「陽が沈んだら終わりだ。火でも焚《た》いてくれたらいいが電気がない、集落の位置がわからなくなる！」

「急ごう！」

ふたりは草木をかき分けながら必死でペースをあげた。

「危ない！」

ヤマトが叫んでミライを押し倒して身を伏せたのと、飛んできた矢が大木に刺さったのが同時だった。ヤマトが気づいていなければ、ミライは完全に射ぬかれていた。

ミライは身が凍った。ふたりは矢が飛んできた方角を見定めようと、木陰から首を伸ばした。

ザザッと音がしたかと思うと、矢を構えた男たち七、八人に囲まれていた。

男たちは、身長百六十センチくらい、みな、日焼けした黒い肌、がっしりとした体格に、横幅の広い布を肩と腰に一枚ずつ巻いている。驚いたことに、頭巾《ずきん》を巻くその顔面に紋様の入れ墨を施している。

緊迫した状況に、ミライとヤマトは両手をあげた。

「俺たち怪しい者じゃないって言葉通じる？」

ヤマトが落ち着いた優しい声を出した。

「お前たち、どこから来た？」顔面いっぱいの入れ墨男が訊いた。

「なんて言ったらいい？」ヤマトがミライに訊ねた。

未来から来たなどと言うと余計に怪しまれるのが落ちだ。

ミライは少し考えてから言った。

「わたしたちは遠い海の向こうから来た。この国と仲よくするために。長《おさ》に会いたい」

男たちは、入れ墨顔を一斉に横にぶんぶん振った。全員一致でふたりを長には会わせたくないらしい。

ヤマトが、ポケットから携帯電話を取り出した。キラリと光る金属製の物体を初めて見たのだろう、怯《おび》えたように全員が身を退《ひ》いた。

「怖いもんじゃない」

携帯電話のライトをつけると、男たちは一斉に「ギャーッ」と十メートルくらい後ろへ逃げ去った。

ヤマトは、ライトが灯りであることを説明するように、いろいろなところを照らしてみせた。男たちは木陰の向こうから恐る恐る覗《のぞ》いている。

あたりが明るく照らされるのを見て大丈夫だと踏んだのか、男たちが「ほーっ」と小さな驚きの声をあげて戻ってきた。しかしふたりを狙っている矢はそのままだ。

「私たちは、この国の王への献上品としてこれを持ってきた」

ヤマトが携帯電話を掲げてみせる。

ふたりの見張りの男を残し、他の男たちは額を寄せ合って何やらひそひそ話し合っていたかと思うと、さっき口をきいた男が言った。

「ついて来い」

ミライとヤマトは男のあとをついて歩き始めたが、背後から来る男たちは依然、弓矢をふたりの背に向けたままだ。

二時間ほど歩いて、あたりが闇にすっかり覆《おお》われた頃、集落に着いた。

集落の家屋のほとんどが、茅《かや》でふいた簡素な竪穴《たてあな》式住居だが、一様に泥水に浸かった爪痕《つめあと》が残っている。男のひとりが言うには、このところ豪雨が続き、川の増水で家屋が浸水したということだった。

歩いていくと、ふたりを見た住人たちは驚き指差して、ひそひそ話しながらあとをついてくる。おそらく衣服も髪型も何もかもが異質なためだろう、好奇心に目を輝かせた野次馬の数が膨《ふく》らんでいく。

集落の中央に大きな宮があり、その近くの高床式住居に連れていかれた。どうやら、そこは「官」という権力者の住まいらしい。

屋敷のところどころで松明《たいまつ》が焚《た》かれ、暖かな火があたりを照らし出しているが薄暗い。

「ナシミさまがお会いになるそうです」

そう告げたのは、さきほどミライたちに矢を向けてきた男のひとりだった。もうふたりへの敵対心は失《う》せたらしく、ひたすらかしこまっている。

ふたりには、五人の女性侍従がつき、否応なくそれぞれ水場に連れていかれた。ナシミに会う前には穢《けが》れを落とさなければならないのだと、侍従のひとりが言った。着替えも用意されている。

ミライが仕方なく洋服を脱ぐと、侍従が「あ！」と声をあげた。ひそひそ話す会話が漏れ聞こえてくる。侍従たちは、ミライが女だと知り驚いたようだ。

水を浴び終わると、待ち構えた侍従たちが両側から綿布でミライの身体を拭いた。自分でしようと手を伸ばすと、ガンと首を振られた。

ミライのために用意された直線断ちの貫頭衣は太い袖のもので、その下につける裳《も》もあった。麻で織られた丈夫な衣服は、弥生時代の進歩した技術をあらわしている。

ミライが部屋に戻ると、同じように着替えをしたヤマトがいた。やはり直線断ちの貫頭衣に幅広の袴《はかま》をつけ、腰のあたりをひもで縛っている。ここに来るまでに見た庶民の衣服は、布を巻きつけただけのように見えたから、これは高貴な者の衣服なのだろう。

どこからか、笛の音が聞こえてくる。夕餉《ゆうげ》の時間を迎えたらしい。侍従たちが迎えに来て、ふたりも中庭に面した宴の席に案内された。

上座中央に座っている、でっぷりした、顔の半分に入れ墨をした中年の男が、この館の当主ナシミだろう。髪全体を中央でふたつに分け、耳の横でそれぞれ括《くく》って輪にした角髪《みずら》という髪型は、神話の世界のようだ。朱丹《しゅに》を塗っているのか、首や腕が赤い。

ナシミの両脇には六人の女たちがはべっており、うちふたりは子連れだった。

「あれが当主と妻たちだろう」ヤマトが囁《ささや》いた。

「妻たち？　ああ、昔は一夫多妻だったから……」

ミライは目の前に並ぶ女たちを眺めた。にこやかに談笑している女たちもいる。彼女たちは嫉妬《しっと》しないのだろうか。ミライは、自分がヤマトとトワが一緒にいるだけで胸騒ぎがするのと比べて、不思議でならない。

料理が運ばれ、宴が始まる段になって、見向きもしなかったナシミがふたりを手招いた。

「吾《われ》が、この国の政《まつりごと》を司っておるナシミじゃ」

ふたりは深くお辞儀をした。

「我が国と国交を希望していると聞いたがまことか？」

「はい」ヤマトが顔をあげた。

「民たちが、おぬしたちは神の使いと言うのじゃが。何やら強烈な神の御霊《みたま》を発する小さな鏡を持っておるとか」

携帯電話を掲げてヤマトが答える。

「これは灯りをともしたりもできますが、このようにして」

ヤマトは携帯電話を操作してカメラモードに切り替えると、ナシミに向けシャッターを切った。

ピカッ。フラッシュが光る。

「なんじゃ、何事じゃ！」

咄嗟《とっさ》に太い袖で顔を隠すナシミに、まわりにいた者たちも一斉に退いた。

怖れおののき口々に騒ぐ一同を落ち着かせるように、ヤマトがゆっくりと皆を見回し口を開く。

「これは怖いものではありません。ここにほら、ナシミさまが映っています」撮った画像を差し出した。

「おお!?」

ナシミが仰天のあまり腰を後ろにバンッと抜かした。

「これは写真といって、鏡のようですが鏡ではありません。映ったものをそのままここに留め置けるのです」

ナシミはこわごわ遠くから見ていたが、危害がないとわかって携帯電話をつかもうとした。途端にヤマトがサッと手を引いた。

「私たちは、この国の王さまにお会いしたい」

ヤマトが重ねた。

「これは王さまへの献上品です」

ナシミは顔をしかめて苦笑いした。

「残念なことじゃが、我が国の卑弥呼さまは誰にも会わん」

「やはりこの国の王さまは卑弥呼さまなのですね」

ミライが初めて口を開いた。

その顔をマジマジとなめるように見つめて、ナシミは頷《うなず》いた。

「その通り。卑弥呼さまのかわりに吾《われ》が皆に会い、用件を申し伝える」

ヤマトとミライは視線をかわすと頷《うなず》き合った。

ヤマトが有無を言わさない調子で言った。

「私たちは卑弥呼さまにお会いしたい。この国の未来に関わる重大事だとお伝えください」

「この国の未来に関わるとな？」

ナシミは一瞬、眉《まゆ》をひそめたが膝を進めた。

「だったら尚更《なおさら》、吾が聞く。明日には吾から卑弥呼さまに伝える。お前たちは今宵《こよい》は疲れたであろう、そこの者を夜の伴に過ごすとよいぞ」

ナシミが目で示したところに、ふたりの美女がうつむき加減に座っている。年は共に十五、六くらいだろうか。ひとりは抜けるように白い肌に大きな黒目が艶《つや》やかで、もうひとりは黒い髪とぽってりと厚みのある唇が印象的だ。

「夜の伴？」

ミライが眉《まゆ》をひそめると、ナシミが下卑《げび》た笑いを浮かべた。

「もしや若人《わこうど》は女子《おなご》を知らぬとな。だったら尚更《なおさら》いい。我が国の女子《おなご》の肌はなめらかで吸いつくぞ」

露骨に嫌悪感をあらわにしたミライを問い詰めるように、ナシミが言った。

「それともおぬしは男色か？」

「下品なことを訊かないでください。それにこの人たちの意思はどこにあるんですか！　初めて会った僕たちと夜を一緒に過ごせというなんて！」

ミライは、自分と同じ年頃の女性たちが、まるで性の道具のように扱われることに耐えられずに叫んだ。

ナシミが不思議そうな顔でつぶやいた。

「意思？　奴隷にそんなものがあるか」

「奴隷⁉」

驚いて声をあげるミライにヤマトが囁《ささや》いた。

「この時代には階級制度があり、奴隷がいたんだ」

「あ、そうだった……だけど信じられない！　同じ人間を奴隷扱いするなんて！　奥さんも六人もいて、まるで物扱いだし！」

ミライは憤然として、こんな野蛮な時代に、本当にもっともパワフルな虹の戦士がいるのかと、不安になった。

ヤマトはナシミと向き合った。

「ナシミさま、お願いします。私たちは、女性や馳走《ちそう》の歓待も必要ありません。ただ卑弥呼さまにお会いしたいのです」

「女王さまは誰にも会わん。会えるのは、吾《われ》と身の回りの世話をする女子《おなご》たちだけじゃ。特に男《おのこ》は吾以外誰も近寄ることは許されておらん」

「女子だったらお会いできるのですか⁉」

ミライが目をきらりと光らせて訊ねた。

「うむ。女子なら可能性はあるがのぉ」

ナシミがざまあみろという意味を込めた調子で答える。

「僕は女子です」

「え？　なんと申した？」

「自分は女子だと言いました。嘘《うそ》だと思うなら、着替えを手伝った女《ひと》に訊いてください」

ナシミがミライの背後にはべっている女性侍従たちを見た。侍従たちが、何度も首を大きく縦に振った。ナシミの目がぎろりと光る。

「……わかった。卑弥呼さまに会わせよう」

「本当ですか⁉」

喜び勇んだミライをじろりと一瞥《いちべつ》すると、その目をヤマトに向けた。

「かわりに、この女子を吾にくれんか。吾はこの者を見たときからゾクゾクした色気を感じてのぉ。男色の気《け》はないのに、なんでじゃろうと思っておったのじゃ。女子だったと聞いて合点した」

ミライはナシミのあまりにも破廉恥《はれんち》な提案に顔色を変えた。

「吾の妻になったら卑弥呼さまに会わせることもできる」

ヤマトがおもむろに口を開いた。

「どうして彼女があなたの妻になるかどうかを私に訊くんですか？　いずれにせよ、彼女は断ると思いますが」

「女子が断る⁉　そんなことはできん。その者を所有しているのはお前なのだろう？」

「俺たちの国では男女は平等で、女性を男の所有物とは考えません」

「平等⁉　男《おのこ》と女子《おなご》が等しいとな⁉」

そう言うとナシミは噴き出した。

「それはお前たち男が情けないからじゃ。男がしっかりしとる国では女子は男の言いなりじゃ」

「ではなぜ、この国の王は卑弥呼さまなのですか⁉　あなたたち男性は女王の言いなりなんじゃないですか」

「なんだと⁉」

ナシミの顔色がどす黒く変わった。痛いところを衝《つ》かれたのだろう。

ナシミはぎゅっと握りしめた拳を震わせながら立つと、御付きの者に「槍《やり》を持て」と告げた。

「槍⁉」

ミライは驚いて腰を浮かせた。

「決闘じゃ。ここまでバカにされて黙ってお前を女王に渡したら、吾《われ》の名が落ちるわ。覚悟せい」

御付きが持ってきた槍の一本をヤマトに投げる。

「なぜ俺が決闘なんかするんだよ。バカバカしい」

「臆病風に吹かれたか。女子を守るために闘うこともしない弱虫め」

ナシミは構わずヒュッと音をたてて、ヤマトの首めがけて槍を刺そうとした。咄嗟《とっさ》に身をかわしたヤマトの顔色が変わる。

「卑怯だぞ、お前」

ヤマトは立ち上がると槍を構えた。

ミライは止めようと、ヤマトの前に立ちはだかった。

「ヤマトやめるんだ。こんなところで闘ってどうする」

「ミライ、こいつは話してもわからない」

「だからって！」

「どけ！」

ヤマトは袖を引こうとするミライを押しのけ、ナシミがいる中庭に降りると、槍を構えた。

ナシミの顔に残忍な色が浮かぶ。ナシミが、ヒューッと音をたてて槍を大きく振り回した。ヤマトの鼻先を鋭利な刃《やいば》がかすめて、見ていたミライは身が凍る想いだ。なぜこんなバカバカしい争いをするのか、ミライにはまったく理解ができない。

ヤマトの槍がナシミの脚を狙って突かれた。ナシミは年齢の割りに軽い身のこなしでひょいっと飛び上がり、お返しにヤマトの胸を刺そうとする。その瞬間ミライは、膳に並んでいたあけびの実を手に取り、ナシミの顔面めがけて投げつけた。激しく潰れたあけびの果汁が飛びはね、ナシミの目をくらませる。間一髪、ヤマトの胸から槍が外《そ》れ腕を裂く。

ヤマトの顔が憤怒でいっぱいになったと思うと、槍《やり》を物凄い勢いで振り回し始めた。ヤマトからもナシミからも強烈な殺気が漂ってくる。

ミライはとてつもない絶望に襲われた。このふたりは、命を失ってでも勝つことに執念を燃やしている。

お互いの槍が身体をかすめ合い、ふたりとも傷だらけで血が噴き出している。

(このままだとふたりとも死んでしまう。どうしたらいい——)

ミライは必死に考えるが、名案は出てこない。

そのときだった。

暗い空を稲光が走ったかと思うと、激しい雨が降り始めた。一メートル先の視界も遮《さえぎ》られるほどの凄《すさ》まじい豪雨だ。ヤマトとナシミにも容赦なく降り注ぎ、ずぶ濡れになっているというのに、ふたりは憑《つ》かれたように殺し合いを続けている。

「卑弥呼さまからの伝令がおみえになりました！　緊急のご用件でございます！」

やはり全身ずぶ濡れの男性侍従が走ってくると、ナシミに告げた。

「何、卑弥呼さまの伝令が⁉」

案内を待つ間も惜しむのか、中年の女の伝令が慌ただしく入って来た。

「ナシミさま、卑弥呼さまがご神託を降ろされました！　女王さまは、大きな龍がもうすぐこの国を襲うとおっしゃっている。預言では来月の六日、ひと月もない。対策を考えねばならぬと！」

「大きな龍とな⁉」

ナシミの目が大きく見開かれた。

一同が口々に騒ぎ出した。卑弥呼の預言は外れることがない。そのおかげで戦いを繰り返していた諸国がまとまり、連合国「邪馬臺国《やまとこく》」となった。諸国の長も、平民たちも一様に卑弥呼の力を畏怖《いふ》していた。

「龍……」

ミライは小さくつぶやくと姿勢を正し、伝令に頭をさげた。

「卑弥呼さまにお伝えください。龍退治の方法を知っている虹の戦士がお会いしたいと申していると」

ナシミが不審そうにミライを振り返った。

「おぬしが龍を退治する方法を存じておると言うのか？」

「はい……」

ヤマトも言った。

「私からも頼む。必ず卑弥呼さまは会って良かったと思われるはずだ」

卑弥呼の神殿には女性しか入れないということで、ミライひとりがお目通りを許された。

卑弥呼の館《やかた》はナシミの館よりもはるかに立派な檜《ひのき》づくり。ツルツルと滑りそうな廊下はよく磨かれ手入れされている。その長い廊下を、ミライは卑弥呼の御付きの女ふたりに前後を挟まれ案内された。

長い縁側のついた広い板張りの居室にしばらく待たされたあと、「卑弥呼さまのおなりぃ」という女の声が聞こえると、頭《こうべ》を高くあげたひとりの女が入って来て、前方の一段高い場所に座った。

ミライは深くお辞儀をすると、顔をあげて、卑弥呼だという女を見た。

卑弥呼は、上質の絹布でつくった上衣を何枚も重ね着て、頭には青い玉を連ねた冠をかぶっている。顔面にも絹布をまとい、顔はおぼろげにしか見られない。

その佇《たたず》まいは厳《おごそ》かで背を正す想いがしたが、何よりもミライの目を惹《ひ》きつけたのは他でもない、卑弥呼の背にある、大きな翼だった。今まで見たこともないほど、たくましく立派なものだ。全長二メートルほどの両翼は大きく広がり、翼から発せられる七色の光はキラキラと輝いて百メートル先までも照らしている。

開いた虹の翼を初めて見た感動で、ミライの胸はいっぱいになった。

これほど遠い時代に来る不安をねじ伏せて、勇気を出して来て良かったという想いが溢《あふ》れてくる。

感動でいっぱいになったミライをさらに驚かせたのは、卑弥呼の肩に止まった一羽の鳥だった。

「あれは……ハヤブサ!?」

ミライを博士のところに導いたハヤブサが、今にも語りかけてきそうな目をして、ミライを見つめている。

（ハヤブサ、君が僕をここに導いてくれたのか!?）

思わず、そんな確信がミライを貫いた。

ミライは十代に入って古代の歴史に興味を持ち、さくらに魏志倭人伝《ぎしわじんでん》を読むのを手伝ってもらったことがある。

それには、卑弥呼が奇術を用い人心を掌握《しょうあく》したと書いてあった。だからこそ倭《わ》の始まりに虹の戦士が存在する、と聞いて卑弥呼ではないかと思ったのだ。人の心をとらえるのに虹の翼が有効だったに違いない。これほど強力なエネルギーを発しているのだ、人々は虹の翼が見えなくても何か感じるだろう。

七色の光を浴びて、とろけるような心地良さと感動に酔っているミライに、卑弥呼が声をかけた。

低い、肚《はら》からダイレクトに出て来る野太い声。

「龍を退治できる方法を知っているというのはそちか？」

「はい。ミライと申します」

「龍はあの山の上から突然凄《すさ》まじい勢いで襲ってくる」と卑弥呼は一方の方角を指差した。

「どのような方法で龍を仕留める。申してみよ」

「襲ってくるのは龍ではありません。龍に見える大洪水です」

「大洪水とな……？」

「はい。この近くを流れます大きな川が氾濫《はんらん》する象徴として、卑弥呼さまは龍をごらんになったのです」

「どうしてそのようなことがわかる？」

「僕は……この国の二千年も先の未来からやって来ました。その未来まで伝わる文書『魏志倭人伝《ぎしわじんでん》』に書かれたヤマタノオロチという龍は、大洪水のことだと解釈しました。雨が降り注ぎ、山が崩れ、山上から大洪水が起こり、川を氾濫《はんらん》させるのです」

まだ幼いミライが難しい古書をそのように解釈したとき、さくらは驚嘆し、自分も同じ考えだと賛同した。

　卑弥呼が目を閉じた。

　十数分の静かな時間が流れた。

　ミライはじっと待っていた。

　卑弥呼が首を振った。

「今でも雨が多いと、この地方は水に浸《つ》かるのじゃ。大洪水など来たらひとたまりもない」

「僕は大洪水を防ぐ手立てを知っています」

　卑弥呼が今まで以上に強い光を眼《まなこ》に宿してミライを見た。

「山に棚田をつくるのです」

「棚田？」

「はい……」

　ミライは携帯電話を取り出すと、博士の家の前の棚田の写真を見せた。

「この棚田は大量の水を堰《せ》き止められます。川の水を堰き止めるダムというもの以上の水量をとどめておくことができるのです。普段は稲作に使われ、同時に水害を抑える効果があります。後世の異国の地ヨーロッパでも、だんだん畑が『テラス』と呼ばれ、同じ役目を果たしていたとか。卑弥呼さまの預言されたときまでに、棚田をつくれば大洪水の被害は防げます」

ミライにはその知識があったから、博士の棚田を見たとき、異常気象で豪雨が多くなって起こる水害を避けるためだろうと、その策に感心したのだ。

卑弥呼は、ミライが差し出す携帯画面にくぎ付けになっていたが、そばに寄り添う女侍従に、「さっそくこれをつくるよう手配するのじゃ」と命じた。

そして「貴重な進言をもらった礼をしたい」と、改めてミライに向き直ると、「そちの翼は死にかけておる」と、痛々しげにミライの背後を見た。

「なぜそれほどまでに力を失っておるのだ」

「わかりません――」ミライは戸惑って答えた。

「卑弥呼さまの翼は、僕が逢ってきたどの虹の戦士よりもたくましく大きい。何よりも開いている。飛べるのですよね、卑弥呼さまは？　どうしたら、そうなれるのか知りたいです」

「そちは虹の戦士がどこから来たか知っておるか？」

「いえ」

ミライは、卑弥呼が何を言い出すのか興味津々で、絹布の奥を見通すように見つめた。

「私《わ》は知っておるのじゃ。それが私に力をくれる。私たちはみな人類の変革期を目指して生まれて来ているのじゃ」

「でも僕たちの時代には、多くの虹の戦士たちが殺され役目を全うできていません」

「そうか……」

卑弥呼はふっと目を閉じて顔をあげた。何かを聴くように小首をかしげる。そして、ふいに目を開けると言った。

「そちの翼が元気がないのは、そちが自らを認めず自信がないからじゃな」

卑弥呼は、ミライの目の奥をぐいっと覗《のぞ》き込んだ。心の深いところまで入られたようで目をそらそうとするができない。

まるでミライの心の深淵《しんえん》を覗《のぞ》き込んだかのように言った。

「なぜにそれほど、女子《おなご》であることを拒否しておるのじゃ」

「……僕は」

答えようとするが、言葉をどう選んだらいいのか、自分の胸のうちがわからない。

次から次へと卑弥呼の言葉が重なった。

「女子であることは偉大なことぞ。私のこの時代が明けるまで、このあたりは戦場だった。日々多くの命が失われ、意味もない血が流されたのじゃ。それは男《おのこ》が支配する国だったからじゃ。ナシミから聞いたが、お前の連れの男と決闘をしたそうじゃな……。見たであろう？　男たちは自己主張し、競い合い、奪ってでも所有しようとする。

自分の能力や権威が侵されるくらいなら、破壊して死んだほうがましだと思っておるのだ。それが男《おのこ》の遺伝子に組み込まれた本能じゃ。確かにそれが国造りで大切な時期もある。しかし、そのやり方だけではいつか限界がくる。私《わ》たち女子《おなご》は男とは違う。産み、育て、分かち合い、共生する。男の質は『陽』、女子の質は『陰』。その両方の質が両輪のように共に動いてはじめて、住みよい優しい国になるのじゃ」

一気に語った卑弥呼に、ミライは食いつくように質問をぶつけた。

「そこまで卑弥呼さまはわかっておられるのに、なぜ、この国の女たちは男たちから虐《しいた》げられ物扱いされているのですか?」

「うむ……物事の進化には過程が必要なのじゃ。今は荒ぶる男の魂を癒す時代ぞ。女子たちはその寛大な受け入れる能力で、男を赦《ゆる》し愛しているのじゃ。しかし、そちを通して感じるに、この国の未来は相当男の社会に傾いておるのじゃのぉ」

「そうなんです。そして、この国だけではなく、地球規模で人類が滅びる危機を迎えています」

卑弥呼は憂《うれ》いを含んだ声で答えた。

「『所有・競争』を良しとする『陽』の社会は、吾《われ》が吾がと己の主張に忙しいことじゃろう。もちろん国が大きく成長するときには、男のその要素、攻撃性や積極性、物事を実現していく力は必要ぞ。しかしな、あまりにも極にいきすぎると危ない」

そう言いながら卑弥呼は、それまで掌《てのひら》で転がしていた勾玉《まがたま》をころんと床に置いた。

「いきすぎた極は、バランスをとるために逆方向に一気にひっくり返る。それはとてもとても大きな変化じゃ。スムーズに変化するのでは追いつかず大きな破壊と再生を必要とするであろう」

耳を傾けていたミライが、ハッと顔をあげた。

「極と極がひっくり返る……！　卑弥呼さま、この星の未来に起こったのはそのことなんです。この地球の北極と南極がひっくり返ったことが原因で、氷が溶けだし陸が海に沈むんです」

「それは人々の意識が、『陽』の質から『陰』の質への転換がうまくいかなかったがために起こった現象じゃ。この世の現《うつつ》は意識のあらわれ。男社会は女子的な要素と均衡を取る必要があったのに、人々は競争意識や欲望に巻き込まれ自らを見失ったのじゃ。『陰』の質――受け入れ、育み、分かち合う力。それが所有と競争に傾いた社会を癒し、ひいては世界そのものを真実に導く」

卑弥呼が肩に止まるハヤブサを見てから、ミライに顔を向けた。その強い眼光で、ミライをとらえるようにして言った。

「そちは女子《おなご》。この世に『陰』をもたらす大切な役目を持って生まれてきたのだぞ。女子であることを受け入れよ、さすれば、その翼、命を吹き返すであろう」

ミライは、女性としての自分自身を受け入れるという、もっとも自信がないことを突きつけられ頭を抱えた。

「卑弥呼さま、百十一人の虹の戦士が地球にやって来たと聞いています。でも虹の戦士の多くは迫害を受けて生きていません。僕の知る虹の戦士は、僕とトワという女性と、ケントという少年の三人です。一緒にここに来たヤマトも、虹の戦士で翼を持っていたけれど折ってしまった。過去世の博士、あなたを合わせてやっと五人……」

「ミライよ、私《わ》は、虹の戦士の母なる存在じゃ。百十一人の中には含まれぬ」

「ということは？」

「ともに飛んで歴史を変える五人の使命は背負っておらぬ」

「そんな……では、これからどうしたらいいんでしょう……？」

絶望がミライを襲った。虹の戦士のもっともパワフルな存在に逢いに来てもなお、解決策を見いだせないのか――。

卑弥呼が翼を大きく広げる。そしてふわっと浮き上がった。

「ああっ！」と、ミライは声をあげた。

その迫力、美しさ、それはこの世のものとは思えない華麗さである。卑弥呼を神だと畏《おそ》れ敬ったこの時代の人たちの気持ちが、手に取るように理解できる。

卑弥呼はミライに歩み寄ると、彼女を抱きしめ空に舞い上がった。

ミライが驚きの声をあげる間もなく、卑弥呼の翼は力強く一瞬にして、地球の成層圏を越えていく。

ミライは息をつめて、遠く離れていく景色を見ていた。

はるか眼下に青く、丸い地球があった。

その地球は息づいていた。

「ああ！　生きている！　地球は生きていたんだ！」

それは水の惑星。

ミライの心に、人類はなんということをしてしまったのだろう、という悔恨《かいこん》が湧きあがった。２０３５年にこうやって地球を見ても、おそらく真っ黒の炭のような球体にしか目には映らないに違いない。

その地球の蒼《あお》さの圧倒的な美しさが、何かを訴えかけてくる。

とてつもないほどの懐かしさが襲ってきた。

「この景色、見たことがある……」

「そうであろう。私《わ》とそちは、魂の約束をして共にあの星に生まれた。あの星を守るために――」

ミライは、ふっと卑弥呼を見上げた。

絹布がはずれあらわになったその顔を見て、「ああ！」と驚きの声とともに、涙が溢《あふ》れた。

「ばぁちゃん……！」

卑弥呼の顔はさくらにそっくりだった。

「ミライ……この計画は壮大な絵ぞ……自分自身に戻るのだ。必要なことは、いつでも、どんなときでも『自分自身で在ること』だけ」

「『自分自身で在ること』だけ？」

「自分自身で在ること」その言葉をミライが口から出したとき、その音が身体の内側の何かをスパークさせた。

（ああ、卑弥呼は、遠い宇宙で交《か》わした魂の約束を果たすために、ばぁちゃんに転生し、僕を助けてくれたのだ！

魂の約束は、何百年も、何千年も、命よりもはるかに永く生き続けて、支えてくれていた。

ばぁちゃんだけではない。ソラも父もヤマトも博士もトワも、僕の人生にあらわれた人たちは、みな、そうなのかもしれない――！

それほどまでに、僕は、みんなと深くつながっているのだ！）

『縁起』という言葉の意味が、『智慧《ちえ》』ではなく体感として広がっていく。

突然、肚《はら》の底から説明がつかない強烈な喜びがこみあげてくる。そして、その歓喜は、「自分はこのままでいいのだ」という自己受容の気持ちになって、ミライの心の中に深く落ちていった。

凄《すご》い勢いで言葉が溢《あふ》れ出した。

「ああ卑弥呼さま……僕……このままでよかったんだ……。女であることを受け入れられなかった……。女として自信がなかった……。そんなぐちゃぐちゃした気持ちも全部全部そのままでよかったんだ……」

卑弥呼が慈愛に満ちた目で、ミライを勇気づけるように見守っている。

「弱い自分、認めたくない毒々しい自分、それが全部、自分の切り離したピースで、そんな自分も許して肯定したとき、僕は僕を好きになる――」

ミライは、湧き出してくるなんともいえない感動に胸が詰まって言葉を切った。

「どんなことよりパワフルな魔法は『自分を好き』ってことなんだ」

卑弥呼は大きく頷《うなず》いた。

「私の魂はいつもそちとともにある」

そう告げた卑弥呼の瞳がぬめりを増した。

「気をつけるが良い。五つの『智慧《ちえ》』に近づくとき光が強くなる。すると、それを阻止しようと闇の力も一気に強まる。今、世界は光にも闇にも転ぶ線の上にある。それをどちらに転ばせるか、そちたち虹の戦士にかかっている。『虹の戦士よ、ともに飛べ。五人の翼羽ばたく空に、青い海が蘇《よみがえ》る』」

卑弥呼の翼から七色の光線がビームのように飛んできて、ミライは眩《まぶ》しさに目がくらみ同時に意識を失った。

気がつくと、洞窟の中の洗濯機のそばに立っていた。ふと横を見るとヤマトも呆然《ぼうぜん》と立ち尽くしている。

ミライは卑弥呼のもとで体験したことをヤマトに話した。

「僕たち虹の翼を持つ者たちは、魂の約束をして地球にやってきたんだ。虹の戦士が持ってきた『智慧』は、木火土金水《もっかどごんすい》の五つ。この五つを全部思い出したら、もしかしたらヤマトの翼も蘇《よみがえ》るかも――」

ヤマトが遮《さえぎ》った。

「俺にはそんな資格はない」

ヤマトは、弟の拓を見殺しにした自分は虹の戦士にふさわしくないと思っている。そんなことなら自分だってそうだと、ミライは思った。自分を守るためにミライの両親は死んだのだ。ただそのことを知らなかったから罪悪感が薄いだけ。

ミライは、闇が世界を支配していく以上に、この目の前の男の心を闇から救い出せないことに、何よりも深い哀しみを感じていたのだった――。

第七の翼「世界が終わるとき」

ミライとヤマトはタイムマシンで2035年に戻ってきた。

深夜、博士の高いびきが迎えてくれると思っていたふたりを待っていたのは、異様な光景だった。

博士の家のリビングに備え付けられた本棚の書籍は床に落とされ、テレビやコンピューターの機械類はことごとく破壊されている。物盗《ものと》りの仕業《しわざ》ではない執念じみた仕打ちだ。

何よりふたりがショックを受けたのは、博士の姿がどこにもないことだった。

地下の研究室に隠れているのではないかと期待したが、襲った連中は見逃すことなくすべてを破壊していた。

床に落ちて粉々になった博士の眼鏡《めがね》を見た途端、ミライはヘナヘナと座り込んだ。博士は何者かに連れ去られたに違いない。ヤマトを見上げると、彼もまたがっくりと膝をついて頭を抱え込んだところだった。

（終わった——）

人類に明るい未来はやって来ない。

あるのは刻々ときざまれる破壊への時間。

死へのカウントダウン。

ミライを絶望の闇が包んだ。

そのとき。

ミライの脳裏に蘇《よみがえ》った。数々の人の顔が。走馬灯のように。

未練を断ち切るように、いっさい振り向かず走り去った我が母、ソラ。

自分を守るために命を散らした逢ったこともない父。

どんなときもそこにいて待っていてくれた博士。

そして、自分を我が子のように育ててくれたさくらの日焼けで傷んだ顔に、古代の女王、卑弥呼が重なる。

その瞬間、卑弥呼の声が蘇《よみがえ》った。

「ミライ……この計画は壮大な絵ぞ」

その声が頭の中で響き渡ると、同時にたくさんの『声』が雨のように降ってきた。

ミライは、その情報を声に出してヤマトに告げようと試みるが、あまりにもさまざまなことが一瞬にやってきて言語化するのが追いつかない。

世界は二極でできている。

ポジティブとネガティブ。

陽と陰。

光と闇。

プラスとマイナス。

太陽と月。

男性と女性。


どちらが正しいとか、どちらが優れているとかではない。両方があって、この世界はバランスを保っている。

どちらかに偏《かたよ》りすぎたときに「問題」が起こる。バランスのとれた「中道」に戻るために。

命の流れは、常に『真実』に向かって流れ、世界は、『幸せ』に向かうために出来事を起こしている。

そこまでなんとか言葉にしたミライは、稲妻に打たれたようにハッと背を起こした。

「どうした――？」

ヤマトが期待と好奇心いっぱいの声で訊いた。

「ヤマト……僕……わかった……僕がこの地球に持ってきた『虹の智慧《ちえ》』は『水の智慧』だ」

ヤマトは何も言わずミライをじっと見つめた。

ミライの顔が至福に輝いた。背中の虹の翼が、キラキラと七色に輝きを増す。

「僕……『陰』の扉を開く鍵を持ってきたんだ――」

「『陰』の扉を開く……？」

「うん。卑弥呼さまは言った。『陽』は男性の質。自己主張や競争、攻撃性や積極性、物事を実現していく力。『陰』は女性の質。受け入れ、育み、分かち合う力だって。わたし、今まで、『陽』の質は男性が持ってて、『陰』の質は女性が持ってる特質なのかと思ってた。でも違う」

「そうなのか？」

「うん。『陰』は女性的な特質で男性にもあるの。女性にも『陽』の質はある。ひとりの人間の中に両方あるのよ。そしてその両方がうまく統合されてる人間が、『成熟』しているってこと。今までこの社会は男性的な『陽』の質が機能しすぎたの。『陰』の女性的な質を抑圧してきた。わたしがそうしてきたように……。『陰』の女性的な『受け入れ、育み、分かち合う』という特質と、『陽』の男性的な『実行する、実現する』という特質をあわせて使っていくことでうまく循環が起こるの」

「俺の中にも女性的な『陰』の質はあって、それをもっと活用しろってことか」

「そう。『競争』ではなく『助け合い』、『所有』ではなく『分かち合い』、『奪う』のではなく『受け取る』……『陽』に行きすぎた価値観を女性的な『陰』の価値観に転換していくのよ」

「ヒュー」ヤマトが口笛を吹いた。

「居心地よさげな世界だな」

「うん、そう思う――」

ヤマトが微笑んでミライを意味ありげに見た。

「ん？」

「お前、わたしって言ってるし」

「え……」

ミライは絶句した。そして気がついた。いつの間にか女言葉を話している。恥ずかしくて顔から火が出た。

（ま、いいか――。

そんな自分も好きになろう。

すべてを受け入れ、愛することが、わたしの持ってきた『陰』の扉を開ける鍵なのだから……）

ミライは顔をあげた。

その顔は内側から光を発しているように輝いている。

ヤマトが、そのミライの顔を眩《まぶ》しげに見ながら感極まったように言った。

「翼、広げてみろよ。凄《すご》く輝いてる。今のお前なら、きっと、飛べる！」

期待に満ちた目で見守るヤマトの前で、ミライは胸を躍らせた。

（飛べるんだ、やっと。わたしが飛べたら、トワさんにも、ケント君にも勇気を与えられる。歴史を変えられる！）

期待と喜びで胸を膨らませて、ミライは背中の翼を広げようとした。

……しかし、翼は固く閉じたままピクリともしない。

「なんで……⁉」

ミライは焦って肩を動かそうとして激痛が走り、身体をふたつに折った。

智慧《ちえ》を取り戻したのに、何ひとつ変わらない……。

なぜ……⁉

ヤマトが、ミライを慰めるように口を開いた。

「きっと、『智慧《ちえ》』の上に、もうひとつ、『何か』が必要なんだ。俺も翼があったとき、飛ぶことはなかった――」

ダダダダッ！

突然、激しい爆音がして、ヤマトがミライをかばうように突き倒して床に転がった。

機関銃の弾がビュッ、ビュッと不気味な音を立てて、ふたりが座っているソファを貫いた。

「奴らだ。俺たちがここにいるのがばれたんだ」

「行こう！」

ミライがヤマトの腕を引っ張って立ち上がった。

「どこに⁉　外は敵に囲まれてる」

「過去に。虹の戦士を助けに行こう！　わたしたちが助かるには歴史を変えるしかない。『虹の智慧』はあとひとつだ——！」

ヤマトが頷《うなず》くのと、次の機関銃攻撃とは同時だった。

黒ずくめの機関銃を携えた集団が屋内になだれ込んだとき、間一髪、ふたりは過去に旅立った。

2017年——。
ふたりがタイムマシンの洗濯機の蓋《ふた》を開けて外に出ると、パーンと耳をつんざく音がして、ミライとヤマトは身を伏せた。

まさかこの時代でも、博士の居場所が敵にばれたのか――。

混乱と恐怖でうずくまるふたりの頭上に、にこにこ笑顔の博士が顔を出した。

「おめでとう！　虹の戦士が認められた、今二時」

博士の寒いオヤジギャグはいつものように笑えなかったが、こんなつまらないことが言える平和な状況にミライは感謝した。

博士が鳴らしたのはクラッカーで、その煌《きら》びやかな金銀色とりどりの紙のリボンがミライの髪の毛にひっかかっている。

「ミライちゃん、虹の戦士見つかったんだね？　うまくいったんだよね？」

「どうして、そんなことを思うの？」

2035年の世界では、博士が襲われ行方不明になっていることを語る気になれないミライは、ヤマトの思惑をさぐるように彼を見て、博士に目を移した。

「これだよこれ！　虹の戦士たちが世の中に認められることになった。こんな動きがでるとは私も計算できなかった。だけどこうやって賛同者があらわれたのは、ミライちゃんが虹の戦士のパワーを強めることに、成功したからだと思ったんだ」

博士が嬉々《きき》として、ネットニュースを示した。

ミライとヤマトのふたりは、博士のノートパソコンを覗《のぞ》き込む。

そこに書かれていたのは、世界一の大国、米国の大富豪でノーベル平和賞の受賞者でもある人類学の権威マイケル・ファーストが、「虹の翼」を持つ者に興味を示し、その者たちの能力を研究支援する機関を設立した、ついては虹の翼は通常、人の目には見えないため、虹の翼を持っている者には米国への渡航、滞在費用を負担するので申し出るようにというものだった。

「これは……」

単純に喜んでいる博士とは裏腹に、ふたりは戸惑った顔をした。

卑弥呼の警告、そして虹の戦士への迫害を思うと、違和感を強く覚えるのだ。

ニュースサイトにアップされているいかにも柔和そうな鷲鼻《わしばな》の白人の老人、マイケル・ファーストの写真を見て、ミライは内臓まで鷲掴《わしづか》みにされるような恐怖を感じた。

その背後に黒い影のようなものが、トンプソン一族のシンボルマークとなって見える。

「これは……罠《わな》だ……！　虹の戦士をおびき寄せる」

「え!?」

ヤマトと博士が同時に声をあげた。

「この人、トンプソン一族の一味よ！」

「なんですと!?」博士が素《す》っ頓狂《とんきょう》な声をあげた。

「マイケル・ファーストは長年の研究で、ノーベル平和賞を授与されるような平和主義者だよ。多忙な中、H大学で後進に、ご自身の成果を教授されていて、人柄も素晴らしいと聞いたことがある。私はこのニュースを見て、やっと世の中が転換点を迎えたと喜んだんだ」

「博士、『誰かが言った』ことはあてにならない。信頼できるのは自分の感覚だけ。価値観がどんどん崩壊してる。今までの常識や教訓は信用できない」

ミライが嗄《か》れた声を出した。喉《のど》がつまる。それほど緊張していた。これは最終決戦だ、という確信から起こる悪寒《おかん》が止まらない。

凄《すご》い勢いでパソコンで検索をかけていた博士が頭を抱えた。

「これは私としたことがなんと浅はかな……マイケル教授は……トンプソン一族の次の当主だ……！　平和主義者は隠れ蓑《みの》だ……」

ヤマトが2035年に起きていることを告げた。この家が襲われ博士がどこかに連れ去られたことも――。

博士の顔がこわばっていく。

ミライも話したほうがいいと思った。今の博士には準備をする時間がある。今から2035年に向けてできることをするしかない。

ミライたちにも、今このときを逃すと二度とチャンスはない。殺されていこうとしている虹の戦士を救うことも……捕まった博士を助けることも……。

ミライは、ケントに逢いに行きたいと提案した。ケントは無事だろうか。迫りくる虹の戦士への迫害に怯《おび》えていないだろうか。

今ならケントの『虹の智慧《ちえ》』の封印を解ける。そうミライは確信していた。

ふたりはケントの家へ駆けだした。


休日の昼下がり、激しく鳴らすチャイムの音に、ケントの母はいぶかしげな顔で扉を開けた。

最初はミライとヤマトを怪しんでいた母も、ふたりの様子があまりに真剣で、ケントがまさに今直面しているかもしれない危機を突きつけられて、彼がマイケル・ファーストの募集に応募して米国に飛んだことを認めた。

「本当に……マイケル教授は虹の翼を持ってる子をつかまえようとしているの……?」

ケントの母が、不安と疑いの混じった声で問うた。

彼女には虹の翼は見えないのだ。我が子が狙われていると聞いても信じられないに違いない。

ミライは首を振り正直に答えた。

「わかりません。でもマイケル教授は、世界を支配するトンプソン一族の次の当主。それに、わたし、マイケルの背後に見えた黒い影、前にも見たことがあるんです」

「どこでだ?」ヤマトが問うた。

ケントの母も不安な目をミライに向ける。

ミライは身体をぶるっと震わせて、その名を口から押し出した。

「ヒトラーの写真」

ヤマトがごくりと唾《つば》を飲んだ。

ケントの母が大きく目を見開いている。

次の瞬間、ケントの母がミライの腕をがしりとつかんだ。

「お願い……！　ケントを助けて！」

ミライとヤマトは、虹の戦士への迫害が確信に変わったいま、一番危ないのは病院に隔離された子供たちだと、トワに連れられていった病院へ急いで車を走らせた。

トンプソン一族は、今度こそ虹の戦士を一掃するつもりなのだという危機感が強くなって、ふたりを焦らせる。

「ヒトラーよりも、今度の影がもっと巨大で強力なんだ。ヒトラーの百倍もパワーがある」

「ヒトラーの百倍って悪魔じゃないか」

「そう、悪魔だ！　トンプソン一族は闇のパワーに操られてる！」

山の上の白い病院は、以前と同じような静かさの中にあった。

しかし中に入った途端、足元から冷たい空気がスーッとあがってきて、不安な予感に心臓がドキドキ音を立て始めた。それほど屋内はうち捨てられた廃墟《はいきょ》のように、人の気配がない。受付にも、病棟にも、警備室にさえ、人っ子ひとりいない。

ミライとヤマトは、長い廊下を子供たちが隔離されていた奥の部屋まで、無我夢中で走っていった。

鉄の重い扉をギイッと音を立てて開けると、抜け落ちた虹の翼の羽が無残な形で無数に散らばっている。

ミライの不安は最高潮に達した。

ヤマトがバン！　と右手を壁に叩きつける。

子供たちの行方をトワなら知っているかもしれない。ミライがヤマトに「トワさんに訊いて」と言うのと、ヤマトが携帯を発信するのとが同時だった。

「もしもしヤマト――」

ヤマトが、会話がミライにも聞こえるように携帯電話を操作した。

トワの興奮した声があたりに響いた。

「病院の子供たちは一緒にいるわよ、心配しないで。マイケル・ファースト教授のお招きでニューヨークのエンパイア・ステート・ビルにいるの。これからセレモニーが行われるの。やっと虹の戦士が認められるときが来たのよ！」

エンパイア・ステート・ビルは米国を象徴する二十世紀のモニュメントと称される高層ビルで、その美しい尖塔《せんとう》が有名だ。

「世界中の虹の戦士が集まるってこと？」

問いかけるミライの声が震える。とてつもなく恐ろしいセレモニーが始まる予感が強くなっていく。

「そうなの！　素晴らしいでしょう!?」

トワの声が弾んでいることが、不安を募らせる。

「トワさん、マイケル教授はトンプソン家の一員よ！　すぐに子供たちを連れてそこから逃げて！」

ミライは緊急事態を知らせようと早口でまくしたてた。トワがのんびりとした声で訊ねてくる。

「マイケル教授が闇の一員？　まさか」

「マイケルの背中に黒い影が見えるの！」

電話の向こうからトワの華やかな明るい笑い声が漏れた。

「ふふ。ミライさんったら！　私もエネルギーは見えるけど、マイケル教授はクリーンよ。マイケル教授が闇とつながっていたら、それこそ世の終わりだわ」

電話の向こうからケントの声が飛び込んでくる。

「トワさん、僕、マイケル教授から特別に奨学金もらえることになったんだ！」

「トワ、信じてくれ！　ミライの言うことは本当なんだ！」

ヤマトも懸命に携帯電話に向かって叫んだが、聞こえなかったのか、トワの声が
「また電話するね」と告げて電話が切れた。

博士の家に戻ったとき、ミライの心は決まっていた。

「マイケル・ファーストに逢いにいく。そして確かめる。わたしが見ているものは本当なのか」

ヤマトと博士は息を呑んだが、引き留める言葉は出なかった。

たとえどんなに危険であろうと……ミライはそこに向かっていく。

それこそが自分の存在する意味。ミライが生きるべき宿命。

ミライがそう感じていることがわかったのだろう。そうする以外に、彼女が生きる道はないことが。

「俺も行く」ヤマトが言った。

ミライは首を振って拒んだ。

「いいえヤマト。今度はわたし、ひとりで行く。ヤマトと博士は、虹の翼が見える数少ない貴重な存在。もしものときには、ふたりで、残る虹の戦士を探して欲しい」

ミライはわかっていたのだ。これは、おそろしく知能の高い闇の存在が仕組んだ、

世界中の虹の戦士を撲滅《ぼくめつ》するために起こしている壮大なセレモニーだと。

(おそらくは生きて帰れない。

だったらせめてヤマトと博士、ふたりには生きていて欲しい。ばぁちゃんが死んで孤独だった自分の魂を癒してくれた、愛しい人たち)

ヤマトがミライの頭をこづいた。

「俺は死ぬまで男なの。女の子に守られて生き残るってカッコ悪すぎだろ」

「カッコ悪くたって卑怯だっていい、なんだって！　生きていてくれるなら！」

そう訴えるミライをぴしゃりとヤマトが遮《さえぎ》った。

「受け入れるんだろ」

「え？」

「『陰』の特質『分かち合う』『受け取る』。それは人に頼るってことじゃないの？」

「そうだけど……」

博士が口をはさんだ。声に哀しみが絡《から》んでいる。

「ミライちゃん、私も君にひとりで行って欲しくない……私はもう愛する人がいない世界には飽きたよ」

慟哭《どうこく》があがってきそうになって、ミライはぐっと奥歯をかみしめた。

博士が言ったそのことが、まさしくかつてのミライの心境だったからだ。

（人々が幸せに生きられない、そんな世界しかないのなら、いっそ滅んでしまえばいい――）

ヤマトが言った。

「これが世界の終わりなら、俺はそれを見届けたい」

ミライは頷《うなず》いた。

（そうしよう。

選択が……、何十、何百、何万、数えられないほどの人類のしてきた選択が、世界を終わりに導くのなら仕方がない、受け入れよう）

ミライは、絶望の先の、諦観《ていかん》にも似た静かな境地で、立ち上がって言った。

「行こう、世界の終わりに――」

タイムマシンは、2017年、異国の古道具屋の一角に到着した。

年代物の箪笥《たんす》や椅子、雑多な洋服やおもちゃが山積みされている店内に、ミライとヤマトの乗ってきた洗濯機も違和感なく溶け込んでいる。

ふたりは、洗濯機が人目を引かぬように、あたりにあった雑貨を上に積みあげて店を出た。

ヤマトが、正装でないと目立つと言って、ミライを高級ブティックに連れていった。

まるでモデルのようなスタイルのいい白人の店員が迎える店内には、色鮮やかで斬新なデザインのドレスがたくさん並んでいる。

ヤマトがミライに選んだドレスは、薄いブルーの光沢あるシルク素材。大きく胸元があいた、なだらかなフレアースカートの形が美しいものだった。

値札を見たミライは目が飛び出るかと思ったが、構わずヤマトは薄いブルーのハイヒールとティアラも用意させた。

ショップには、凝ったジュエリーやスカーフなど、婦人小物がところ狭しと並んでいる。それらのほとんどが2035年には役にたたなくなるのだ。生きるか死ぬかの状況では、美しく華やかであることも価値を失ってしまう。

肌触りのよいシルクの布がシャンデリアの光に照らされているのを見て、ミライは、平和な世界というものは、ただそれだけでなんと贅沢《ぜいたく》なことなのだろうと思った。

貧しいミライの家庭では、平和だったとしても、これらのものを一生身につけることも、見ることさえもなかっただろう。

それでも美しいものに価値がある世界のことを愛おしいと、ミライは思った。

2035年に消えてしまった幻の価値観の時代。

この時代で、方向転換をしていれば、世界は美しいままだったのに。どうして自分たち人類は、地球が崩壊するまで賢い選択をしなかったのか――。

価値を失った物たちが美しければ美しいほど、哀しみを深くする――。

そんな想いにとらわれている間に、ヘアーメイクまで施されていた。気がつくと、鏡の中に見知らぬ女性が立っていた。

しかしその眼差しはよく知っている。どんなに辛《つら》いことが起きたときも、決して現実からそらさなかったその目はミライのものだ。どれほど綺麗《きれい》にマスカラで飾られようと、その瞳は嘘《うそ》をつかない――。

ミライは鏡の中の自分と出会えてよかったと思った。

世界が終わるなら――。

わたしは最後に、この性《せい》を楽しみたい。

祈るような想いの中で、お守り袋から取り出したマーガレットのネックレスを身につけた。

試着室から出てきたミライを見たタキシード姿のヤマトが、ショックを受けたように大きく目を見開いた。

昨日まで固く小さかった蕾《つぼみ》が、清楚な香《かぐわ》しい大輪の花を咲かせたときのようなオドロキ。

驚嘆と称賛のまなざしを照れたようにそらす。

ミライはタキシードに着替えたヤマトが衝撃を受けたのを見て、自分のことを誇りに思った。

女性に生まれてよかった――。

ヤマトが腕を差し出した。

ミライは白い手袋をはめた腕をからめた。そして歩き出した。

行こう。

世界の終わりのステージへ。


エンパイア・ステート・ビルの上階にあるホールは、360度ガラス窓に囲まれている。世界一の大都会ニューヨークの全景を、四方八方から見られるという最高のロケーション。

一歩足を踏み入れたミライとヤマトは目を瞠《みは》った。

ホールのあちこちに虹の翼が揺らめいている。

まだ虹の戦士が生きていた。ミライは、胸が熱くなった。

口々に翼があることでどれほど苦労してきたか、どんなふうに生き延びてきたかを話している。今までの孤独が癒される喜びが部屋中に溢《あふ》れていた。

ミライは部屋に入った瞬間から刺すような視線を感じた。

そこにいる。

闇に支配された男が。

ミライとヤマトはケントを見つけて歩いていった。その行く手《ゆくて》を黒スーツの男ふたりが塞《ふさ》いだ。

ミライに男が囁《ささや》いた。

「マイケルさまがお待ちです」

ミライは、男にエスコートされるように部屋の奥へ歩いていった。ヤマトが護衛のように続く。

マイケルは車椅子に乗っていた。そしてミライが来るのをじっと見ていた。

あたかも以前から知っているかのような親しげな微笑を浮かべて。

「待っていたよ。必ず来てくれると思っていた」

「お話があります、ミスター・ファースト、いえ、ミスター・トンプソン」

マイケルは肯定するかのような微笑みをもらした。

「ふたりで話したい。そこのイケメン君は外して欲しい」

ミライはヤマトに頷《うなず》いてみせた。

何か言いたげな視線を寄越したあとで、ヤマトは離れたところでいつも以上に胸を張った。助けが必要なときはここにいるという態度を、ミライにもマイケルにもわからせるためだろう。

マイケルがミライに握手を求めた。

「マイケルと呼んでくれたまえ。大天使ミカエルの別名でもある」

「大天使？　悪魔ではなく？」

握手しながらにこやかにミライが答えた。

その挑戦的な物言いにマイケルは顔をほころばせた。

「期待通りの賢いお嬢さん。私の一族、トンプソン家の研究に力を貸してくれないだろうか。君のその翼はもちろん、脳を調べさせて欲しい。君たち虹の戦士の使命を全うするために」

ミライはマイケルの言葉を遮《さえぎ》った。

「あなたはわたしたちを一度に殺そうと企てここに集めた。なぜです？　ノーベル平和賞をもらうほど人類の幸せのために研究を重ねてきたあなたが」

「惜しいな。君のような知的生物を失うのは……。だが時がきたようだ。お別れに本当のことを教えよう」

マイケルは、ワイングラスを掲げると、ひとくち飲んでから続きを語るために口を開いた。

「私たち一族は、ずいぶん以前からこの地球に起こる人類の危機について予測していた。地球上の生物分布の割合の中で人間の比重が高くなりすぎ、このまま人口が増えていっては人類は滅亡するしかないという結論だった。私たち一族の多くが、戦争を起こして人口を減らそうと企んだ。しかし、それでも足りず、一族は水を汚染するという『暴挙』に出た」

そこまではミライも既に知っていることだった。淡々と語るマイケルを、ミライはまばたきもせず見つめている。

そんなミライにうっすら微笑みを投げかけてマイケルが続けた。

「私は断固反対したんだよ。科学者として、そのような方法を取らずとも、人口が増えても平和に暮らせる何かを発明できると思っていた。私は骨身を惜しまず研究すると同時に、警告もし始めた。今のままでは、人口増加でたちゆかなくなることを。人々が少しでも意識的になれば、たとえば、簡単に汚れが落ちるからという効率だけを求め毒の入った洗剤を使うのを止《や》めさえすれば、水の汚染は防げる。だが誰もそうはしなかった。みな今日が便利でありさえすればいいのだ。子供たちの未来のことなど考えてもいない。それでも私は、自分が画期的な何かを開発すれば事態は好転すると信じていた。家族との時間を捨て、すべてを研究に捧げた」

「素晴らしい研究をされてきたと聞いています。それがなぜ!?」

ミライは身を乗り出して訊《たず》ねた。

「ああ、頑張ったよ、私は。その結果どうなったか。妻の病気に気づいたときには手の施しようがなかった。たったひとりの息子はそんな私に抗議して、私の研究室の前で首を吊った」

「え……」

ミライは思わず絶句した。

構わず、マイケルが続けた。

「それからだ、闇のパワーが私に張りついたのは。君には見えるのだろう？　このパワーが」と、ミライを挑戦的に見つめる。

「ええ」ミライは大きく領《うなず》いた。

「我が一族は、ずっとこの闇のパワーに操られてきたんだ。知っているかい？　このパワーは、君たち光の存在とバランスを取るために生まれたものだって」

マイケルが皮肉な苦笑いをした。

ミライは愕然《がくぜん》とした。

「まさか――この地球が二元だから？　わたしたち虹の戦士が光の存在としてこの地球にやって来たから、闇のパワーはあなたたち一族を牛耳ったというの!?」

「それは少し違うかもしれない。どちらが先ということはない。闇の存在が生まれたから君たちが生まれたともいえる。しかし問題は、それに協力する私たちが存在するということだ。闇に魂を売ったのは私の意思だ。どうせ人々が幸せに暮らせない世界なら朽《く》ち果てればいい。そう私が思ったからだ」

ドウセ　シアワセニ　ナレナイ　セカイ　ナラバ　クチハテレバ　イイ。
シアワセニ　イキラレナイ　ソンナセカイシカナイノナラ　イッソホロンデシマエバイイ。

同じだった——。
マイケルが闇に心を明け渡した理由は、ミライが思ったことと同じ。
マイケルは、ミライの心そのもののあらわれだった。
幸せを祈る強い気持ちが形を変えて破滅を選んだ——。
(でもそれがわたしの、マイケル教授の、望み?)
「ミスター・マイケル、なんでも願いがかなうとしたら、本当にそれを願いますか?」
(本当の望みはどこにある?)
マイケルがミライの想いを見透したかのように言った。
「君だって同じだろう?　貧困にあえぐ日々、食べるものもなく、金持ちにこき使われ、両親は殺される。そして好きな男の心は手に入らない。嫉妬《しっと》に狂い、そんな醜い自分に絶望する。そして地球は滅亡だ。どこに幸せがある？　それでも生きる意味などあるのかね？」

（――確かに……生きることは苦しいことが多かった。

幼い頃のばぁちゃんとの時間は幸せだったけれど、海が汚染されてからは何度死んだほうがましだと思ったことだろう。右上腕部の痛みは激しく、２０３２年のポールシフトでは、親しい人が何人も命を失った。

そして、ばぁちゃんがいない世界は孤独で寂しい――。

そうだ、マイケル教授の言うように、これほど生きるのがしんどい世界なら、悪魔のしわざで死んだとしても悔いなどないのではないか）

そう思ったミライの目に、ケントの笑顔が飛び込んできた。前に逢ったときにはなかった心からの笑み。自分のありのままを受け入れてもらえた喜びに溢《あふ》れている。

他の子供たちもそうだった。病院であんなに気配を消していた子供たちが、生きる希望に満ちている。

トワもいた。世界を照らすような明るい笑みを浮かべている。

そして振り向いたその場所に、その男《ひと》がいた。

いつの間にか自分の心を占めてしまったヤマト――。

端正な顔がこちらを見つめている。どれほどこの男《ひと》の存在に助けられてきたことか。

もしもこの男《ひと》の目が、他の女性に向いたとしたら……、
この男《ひと》の腕が、誰か他の柔らかな胸をかき抱いたとしたら……、
嫉妬《しっと》に狂うかもしれない。

そんなわたしは、友達としてのこの男《ひと》も失ってしまうかもしれない。

再び孤独な日々が訪れるだろう。そして、一度絆《きずな》を知ってしまった自分には地獄のように辛《つら》いだろう。

虹の翼がもたらす特異な才能をもてあまし、誰にも理解されず、ますますひとりになっていくかもしれない。

だったとしても――。

一生愛されるということがなかったとしても。

泥水を飲むような毎日だったとしても。

それでもかまわない。

ここに生きていたい。

わたしは、この男《ひと》を愛している――。

そして、ここにいる子供たちを愛している――。

さくらを、ソラを、博士を――。今まで出会った人たちを――。
そして出会わずとも、明日の活力となる生きる術《すべ》や物を届けてくれた人々――、
喉《のど》をうるおす水を運んでくれた川の流れ――、
哀しい夜に心癒してくれた波の音――、
熱帯夜に涼しさをくれた風のそよぎ――、
暗い夜道を照らしてくれた月のひかり――、
約束たがわず朝を連れてきた陽の光――、
自分が存在するために関わってくれた人、もの、すべてを――、
愛している。
この愛がこの胸にある限り、わたしはたったひとりになっても生きていける――。
そこまで考えてミライはマイケルに向き直った。
「わたしはどんな人生でも生きたい。生きることを選びます」
マイケルが左の眉《まゆ》をあげた。どうやらミライの選択が想定外だったらしい。
「そうか。それはおめでとう。君のその決意の源を知りたいものだが、もう時間がない。世界が滅びるときは、私が最後のボタンを押すと決めたんだ。さようなら、虹の戦士たち」

コントローラーのボタンを押すと、マイケルの背後の壁が扉のように開いて、車椅子ごと彼を吸い込み閉じてしまった。

と同時に、ホールの入り口のドアが閉まった。

咄嗟《とっさ》にヤマトが駆け寄ったが、時すでに遅し。頑丈な扉は体当たりしても壊れるような代物ではない。

「どうしたの？」不審そうな顔でトワが歩み寄って来た。

「閉じ込められた。俺たち全員……」

「え、なんで⁉　マイケル教授は？」

戸惑うトワの声をかき消すように、子供たちが異常を感じて騒ぎ始めた。

「騙《だま》された！」

「また裏切られたんだ！」

「今度こそわかってくれると思ったのに！」

ケントがパニックを起こし、頭をかきむしり始めた。

ミライは駆け寄ってケントを抱きしめた。

「ケント君、大丈夫。必ず助けるから！　ヤマト、博士からもらったペンで扉をこじ開けられない⁉」

博士のペンには、金具もカットできる強力なレーザーが備わっていたはずだ。

「やってみる」

ヤマトは扉に歩み寄るとペンを取り出した。

ミライはケントに向き合うと落ち着いた声を出した。

「ケント君、深呼吸して……おなかに……そうここに……息をいっぱい吸い込んで、吐いて……」

ミライはケントの丹田《たんでん》をそっと押さえた。丹田に呼吸を送ることで、意識が丹田に降りていき、精神を落ち着かせることを、さくらから教わっていた。

ミライの誘導で何度か呼吸をしているうちに、ケントのパニックは収まってきた。

ミライが携帯電話を取り出した。ディスプレイには博士が映っている。

「博士、用意はいい？」

「オッケー」

博士が答えると、画面にケントの母があらわれた。

「ケント……」

「ママ……！」ケントの目が大きく見開かれた。

「ケント、ママ……ケントが危ないって聞いてパパにも電話したのよ……。パパ今、ここに向かってるの。ケントに会いたいって。ずっと会いたくてたまらなかったのに意地張ってたって……」

「パパが⁉」

「そうよ。パパもママも、ケントが、今のままのケントが大好きなの……。ずっとそうだったの……なのに、あなたの言うこと……虹の翼があるなんて信じられなくてごめんね……」

「ママぁ……！」

ケントの目から大粒の涙が零《こぼ》れ落ちる。

ミライは、そんなケントをそっと抱きしめた。

「ママ……僕も……ママとパパが大好きだよ……」

泣きながら言ったケントが、ハッとミライを振り返った。

「どうした、ケント君……？」

ミライが問いかけると、ケントは零《こぼ》れる涙をぬぐい、はっきり言った。

「僕、思い出した。『金の智慧《ちえ》』だ」

『金の智慧』？」ミライは期待を込めて訊ねた。

ミライが集めた『虹の智慧』は四つだ。あと一個集めたら、『木火土金水《もっかどごんすい》』の智慧が揃う。そうしたら飛べるかもしれない。もし飛べたら、みんなを救える可能性が高くなる。

「どんな『智慧』？」

「んとね、人生の目的は『喜び』、ただそれだけ。どんなことも『全肯定』して楽しむ！」

「人生の目的は『喜び』、どんなことも『全肯定』？」

ケントの『金の智慧』を繰り返しながら、ミライは困惑した。

(今のこの状況をどうやって楽しめというのだ。無理に決まってる……)

ミライの戸惑いがわかったように、ケントがまくしたてた。その力強い口調は、もうさっきまで泣いていた弱々しい子供のものではない。

「どんな現実も自分で創っているんだよ！　自分の思い込みで！　自分で創った現実なんだからとことん楽しめばいいんだよ！」

「わかんない！　こんな状況、わたしが創ってるの⁉　こんな悲惨な状況、みんなが創ってるって言うの⁉」

「そうだよ！　潜在意識で決めてることに気づかせてくれるのが現実なんだ！　僕は『へんてこな虹の翼のせいでいじめられる子供』という思い込みを持ってた。だから僕がみんなにいじめさせていたんだ。どこかの時点でそんな前提を取り入れちゃったんだ。嫌なら『思い込み』を変えればいい！　現実の仕組みはとてもとてもシンプル。今起こってることを受け入れて、とことん楽しめばいい！　それができれば、あっさりすべてが変わる！」

ミライは、ホール全体を見回した。

子供たちが怯《おび》えて泣き叫んでいる……。

(今のこの状況を楽しむ!?　ありえない！　とうていそんなことはできそうにない)

ミライはケントに訊《たず》ねた。

「こんな悲惨な現実でさえも、楽しめって言うの!?」

「例外はない！」

「この現実を創った『思い込み』は何!?」

「虹の戦士は殺される」

「じゃあ、それを変えるのは？」

「180度逆のこと。虹の戦士は愛されてる」

「虹の戦士は愛されてる――？」

「うん。虹の翼を持ってることだけで、イケナイことのように感じてきたよね。だから『殺される』なんて『思い込み』しちゃうんだよ。だけど虹の翼持ってるって素晴らしいことだ、愛されて当たり前。そう思えばこんな現実起こらなかったんだ。みんな、前提を変えよう！」ケントが叫んだ。

ミライは、ケントの言うことはまったくもってその通りだと思った。自分は虹の翼のせいで、両親を死に追いやったと思って、今も自分を責めている。それはヤマトも同じ。責めて責めて責めきっても止まらない、罪悪感のメリーゴーランド。それを持っている限り、辛《つら》い現実が起こるというなら、どこかで止めるしかない。そして止めるのは自分。自分の意思。

ミライはそっとつぶやいた。

「わたし、愛されてる」

なぜか身体がぶるっと震える。恐怖さえ感じる。

懸命に作業するヤマトに声をかける。

「ヤマトも言ってみて」

「……俺はいい」

その声があまりにせつなくて、哀しくなった。ヤマトはこのまま罪の十字架を背負っていくのだ……。

たまらず言葉が出た。

「――ヤマトを愛してる」

ヤマトが驚いた顔をあげてミライを見た。それ以上にミライが驚いていた。しかし止まらなかった。たとえヤマトが自分を拒絶しようと、そんなことはどうでもいい。ただ愛する気持ちが溢《あふ》れ出す。

「俺そんな価値ないし」

ヤマトが目をそらしてつぶやいた。

それを聞いたミライは無性に腹が立った。哀しみが怒りになる。

「……お前が決めるな！」

そのミライの激しさに、ヤマトがミライを振り返った。

ミライもヤマトを見た。

見つめ合う一瞬、時間が消えた——。

ヤマトの口が開いて何か言いかけたとき、ホールの隅にいた子供たちが叫び声をあげた。

空調の吹き出し口から白い煙が出ている。その臭いが強烈だった。

「何これ!?」

トワが不安そうな声を出した。

ミライが子供たちを守ろうと空調に近づくのを、ヤマトが駆け寄り行《ゆ》く手《て》を遮《さえぎ》った。

「近づくな！　毒ガスだ！」

「毒ガス!?」

ミライとトワは、ショックで目を見開いた。

「このままだと俺たち全員死ぬことになる」

毒ガスを吸ってゲホゲホ咳を始める子供たちがいる。

「どいてろ！」

ヤマトが叫ぶと、窓ガラスに椅子を投げつけた。

「くそっ！」

諦めずに再度投げつけたが、びくともしない。

「防弾ガラスよ、これ」

そう言うミライの目の端が、旋回《せんかい》するヘリコプターを捉《とら》えた。

「ヤマトとトワさんは子供たちを空調から遠ざけて！　ハンカチを濡《ぬ》らして子供たちの鼻と口を塞《ふさ》いで！」

そう叫ぶとミライは窓ガラスをよじ登り始めた。

部屋の上部に縦開きのガラス窓があった。それを開けば外に出られるかもしれない。外に出たらヘリコプターに救助を頼める！

しかし問題は外に出ても手すりも何もないことだ。落ちたらまっさかさま、命を失うのは確実だ。

ヤマトは博士に電話をかけた。

「博士、エンパイア・ステート・ビルのコンピューターに侵入して、このビルの空調を止められない!?」

「やってみよう」

ミライは窓ガラスを開けようとしたが、ロックがかかって開かない。ヤマトが助けようと登り始める。

トワが駆け寄ってきた。

「毒ガスが充満してきてる！　小さな子供はもたないわ！」

見ると、毒ガスを吸った子供たちが苦しそうに咳き込んでいる。

早くなんとか外に出て救助を呼ばなければ！

ヤマトが気づいたように、窓ガラスを切る作業をしながら叫んだ。

「トワ、お前、飛べないか!?　この中で飛んだことがあるのはお前だけだ！」

トワは、頭を激しく横に振った。

「無理……病院で飛ぼうとして折檻《せっかん》されて……だから私は……ごめん……」

ヤマトは、ケントを振り返った。

「ケント、君は!?　智慧《ちえ》を思い出したんだろ!?」

ケントは、突然振られて、驚きのあまりヘナヘナと腰を落としてしまった。

ケントをかばうようにミライが言った。

「初めての飛行が、こんな高いところから飛び降りるのなんてかわいそうだよ」

「じゃあどうしたら!?」

「わたし、自分の智慧を思い出しても飛べなかった。翼が動くには、他に条件があるのよ！　智慧が五つ集まったから、これで大丈夫かも！」

ミライは、目を閉じると、五つの智慧《ちえ》を心で唱えた。

ひとつ。博士が教えてくれた『心が現実を創る』——現実は思考によって創られる。願う現実が形作られる前提を意識的に持つ。

ふたつ。トワの『心の羅針盤』——ワクワクやホッとする感覚は「幸せ」に向かっているサイン。感情のものさしを基盤に心に従う。

三つ。ヤマトの『縁起。大いなる私』——意識はつながっている。「自分」だけが「自分」ではなく、大きな意識が、本当の「自分」。

四つ。ミライが思い出した『陰のチカラ』——受け取る、分かち合う、育てる、その女性的なチカラを取り戻す。

五つ。ケントの『人生の目的は喜び』——現実はすべて「幸せ」になるために起こっている。だからどんなことも受け入れて楽しむ。

ミライは、五つの智慧が自分の中に深くしみこんでいくのを感じた。

ヤマトもトワもケントも、そして他の子供たちも全員、祈るようにミライを見つめている。

そうする間にも、毒ガスは部屋に充満していく。

ミライは、必死で翼を動かそうと背中に意識を集中させた。しかし、翼はぴくりとも動かない。

「ダメ！　なぜかわからない！」

ミライの心に失望が広がる。

そのとき、ヤマトが「窓が開いた！」と叫んで、ペンを口にくわえると、カットしたガラス窓から身体を外に出した。そしてミライに手を差し出した。

「気をつけて！」

外に出たミライは、眼下を見て足が震える。目がくらみそうだ。地表まで三百メートル以上ある。

ガラス窓の取っ手につかまっていても強風で吹き飛ばされそうで心もとない。

ミライはそれでもヘリコプターに向かって手を振った。

「助けて！」

「俺、全部の窓を開ける」

ヤマトが中に入ろうとしたときだった。

ミライが呼んでいるのとは違う方角から別のヘリコプターが近づいてきた。その爆音に気づいてミライが振り返った。

そこにはミライを狙う銃口が構えられている。

バンッ！

「危ないっ！」

鋭い銃声がしたのと、ヤマトが宙を飛んだのが同時だった。

ミライをかばったヤマトの手中のペンに、銃弾が命中して粉々に砕《くだ》け散った。

ヤマトの身体が落ちていく。

その腕をミライがつかんだ。

ヤマトはかろうじてミライの手で宙にぶら下がっているが、手を離したら一巻の終わり。三百メートルも下の地表に叩きつけられる。

「今引き上げるから―」

ミライは、ぶら下がっているヤマトに叫んだ。

「いや、ミライ、離せ！　まだヘリが狙ってる！」

ミライの目の端がヘリを捉《とら》えた。狙いを定めた銃口がキラリと光る。もう一瞬たりとも時間がない。早く逃げなくては撃たれる。このままではふたり一緒に死ぬことになる。

「お願いだミライ、生きてくれ！　俺の分まで生きて！」ヤマトが必死で叫んだ。

「嫌だ！　ヤマトがいない世界なんていらないっ！」ミライは叫び返した。

今やっとわかった、博士の気持ちが。

「愛する人がいない世界は飽きた」と博士は言った。

飽きたんじゃない。もう嫌だったんだ。そんな、喜ばせる人がいない世界が。愛する人の笑顔を見ることもない日々が。

わたしも嫌だ、ミライは心で叫んだ。

(あなたが生きているから、わたしは生きる。

あなたがどこかで生きている、そう思うから、ひとりでも生きていける)

バンッ！

銃弾が飛んできて、ミライの頰を引き裂いた。

焼けるような痛みが走る。

そのとき。

ヤマトがミライの手を振りほどいた。

ミライの目に、落ちていくヤマトがスローモーションのように映る。

ヤマトの唇が動いた。

——アイシテル。

（嫌だっ！

ヤマト、逝かないで！

そんな「言葉」遺《のこ》したままで！）

ミライは思わず身を空中に放った。

ヤマトを追うように落ちていく。

そして落下するヤマトに追いついた。

懸命に翼を動かし、ヤマトの腕をつかんだ。翼が動かなかったとしても風に乗れさえすればいいのだ。翼をウインドサーフィンの帆《セイル》のようにコントロールできれば、地面に衝突する衝撃をやわらげられるかもしれない。ミライは祈った。

しかし容易に動かない翼には、ふたりは重すぎる。ミライとヤマトはさらに加速をつけて落下し続けた。

ヤマトが叫んだ。

「手を離すんだ！　お前ひとりなら生きられる！　頼む、お前だけでも生きてくれ！」

「わたしはヤマトと生きる！」

ミライは翼を動かし続けたが落下は止まらない。

どんどん地上が近づいてくる！

突然ミライは背中に手を回すと、翼を折ろうとした。

「何する!?」

「ヤマトにあげる！」

「そんなことしてなんになる！　ふたりとも死ぬぞ！」

どう考えても、ふたつの翼のひとつを失ったらバランスを失う。しかしミライは止まらなかった。衝動的に身体が動いた。

片翼だけになった翼は力を失い、落下速度が増していった。

あと数秒で間違いなく死だ。

ヤマトの背に、ミライは折った翼をつけた。

その途端、不思議なことに、それまで固く閉じていた翼がふわーっと開いたかと思うと、ヤマトの背にしっかりとはえた。まるで、もともと、そこにあったかのように――。

「ああっ！」驚いたヤマトが声をあげた。

ミライがヤマトと両手をつなぐと、ふたつの翼は、まるで一対の翼のように、ゆっくりと羽ばたき始めた。

そして、ふわり、と風に乗った。

「あ、飛べてる！」ヤマトが感動のこもった叫び声をあげた。

ヤマトの片翼とミライの片翼が、大きく羽ばたき始め、ふたりは上空高く舞い上がっていく。

「ああ」ミライからも感極まった声が漏れた。

ふたりは手をつないだまま微笑みあった。ひとりでは飛べなかったが、ふたりでならば、なんと軽やかなのだろう。まるで最初からそうすることを定められていたかのようだ——。

虹の翼が七色に輝いて光を散らした。

そのとき、トワが窓から飛び出すのが見えた。

ふわーっと綺麗《きれい》に風に乗った。

「トワさんが飛んでる！」

ミライとヤマトの飛ぶ姿に、トワは自分もチャレンジする気持ちになったに違いない。トワは、ふたりに向かってピースサインをして見せた。

ヤマトが声をあげた。

「ケントも飛び出すぞ！」

しかしケントは、眼下を見て、すくんだように身動きができない。

ケントを助けるように、トワが飛びながら腕を差し出す。ケントの背の翼は大きく開いている。

「飛べるよ！　ケント君！」ミライは叫んだ。

その声に勇気を得たのか、ケントは目を閉じてトワの腕を支えに、「エイッ」と空中に飛び出した。一瞬バランスを崩したが、すぐにケントの翼は力強く羽ばたき始めた。

「ひゃ――っ！　自由だ――っ！」ケントが歓《よろこ》びの声をあげる。

「四人だ……」ヤマトがつぶやいた。

これで四人……あとひとり飛べたら……五人で空を飛ぶことになる。そうしたら青い海が戻ってくる……！

「誰か飛んで……！」

ミライは祈るような気持ちで、エンパイア・ステート・ビルの窓辺に立つ子供たちを見た。

「どうしたら……もうひとりが飛べるの……!?」

「あの子たちはまだ無理だよ。翼が閉じてる！」

ヤマトの指摘に、ミライは何か妙案をと頭を巡らせた。その目に、一度姿を消していたヘリが戻って来るのが飛び込んでくる。

「やばい！　また狙ってる！」

ヘリに乗った男から放たれた銃弾が、ミライの翼を突き抜け、七色の羽が空に散った。

「ミライ、大丈夫か⁉」

「なんとか。でもこれ以上、撃たれたらもたないわ！」

ヘリの様子を窺《うかが》ったミライは蒼白《そうはく》になった。男が挙銃を機関銃に持ち替えている。

ダダダダダ！

機関銃の銃弾が、ミライとヤマトに襲いかかった。

咄嗟《とっさ》に空中高く飛び上がったふたりは難を免れたが、機関銃がケントを狙っているのに気づいたミライとヤマトは叫んだ！

「ケント君、逃げて！」

機関銃の引き金が今にも引かれるその瞬間、操縦席の男が狙撃手の腕をつかんだ。

狙撃手が機関銃を肩から降ろすと、ヘリは爆音を立てて急旋回、はるか彼方《かなた》に飛び去って行く。

「何が起こったの……？」

ミライがヤマトに訊ねると、ヤマトが一方の空を指差した。

「あれは……⁉」

七色の翼を羽ばたかせ、白衣を風にたなびかせた人物が飛んで来る。

「博士……!?」

驚いて見ているふたりに、博士が弾《はじ》けた笑顔を見せる。

「ひゃほ――――！　空を飛ぶ気持ちは数式でも表わせない！　机上の空論より体験だね！」

「博士、どうして虹の翼が!?」

「前世の記憶を取り戻して、背中がうずうずしてたからまさかとは思っていたんだがね。さっき突然はえたんだ。君たちが飛んだおかげで、私の翼もパワーを取り戻したらしい」

「あのヘリを追い払ってくれたのも博士？」

「無線に割り込んで上官のふりで命令した。いやぁ、それにしても最高の気分だ！」

博士は、くるりと宙返りをする。

そこにトワとケントが飛んできた。

ヤマトが感極まったように大声で叫んだ。

「五人集まったぞ！　木火土金水《もっかどごんすい》、五つの智慧《ちえ》を持って、五人一緒に空を飛んでるぞーっ！」

五人は飛びながら円をつくった。

七色の翼が互いに光を照らし合って、鮮やかに輝き始める。

それを見ていたエンパイア・ステート・ビルの子供たちが「わーっ」と歓声をあげて大きく手を振った。喜びと安堵《あんど》に満ちた笑顔が、ミライたち五人に向かってたくさんのエールを送る。

虹色の光が空を満たし、その七色の光は世界を照らすように地平線の彼方《かなた》まで広がっていく。

ミライの心は、感謝でいっぱいになった。

仲間が生きていること。

そして仲間が、そこに、ありのままの自分を表現していることに。

『愛し愛される、愛の循環が起きたとき、虹の翼は蘇《よみがえ》り』

『声』が上空から降ってきた。ミライが見上げると、夕陽の下をハヤブサが大きく旋廻している。

ヤマトがぽつりと口を開いた。

「俺わかったよ、拓の気持ちが……」

「弟の拓君の？」

「ああ。俺、どんなことをしてもミライを、みんなを守りたいと思った。そのためには命を捧げても構わない――」

「うん。わたしもそう思った。どんなことをしても守りたいって――」

「俺、拓が俺を恨んでると思ってたけど……きっと違うんだ……」

「拓君も、わたしのお父さんもお母さんも……きっと……こんな尊い気持ちでわたしたちを守って逝《い》ったんだね……」

ミライとヤマトは見つめ合った。

「俺……なんて馬鹿だったんだ……拓に悪いから幸せになる資格ないなんて、思いっきりだせぇ」

「だせぇだせぇ！　拓君がそんなこと願っているはずないっ！」

ふたりは目を見合わせて微笑んだ。

ヤマトがつぶやいた。

「俺、罪の意識であいつの想い、受け取れてなかった……」

ヤマトの目がじんわりと潤んだ。

ミライはそっと心で告げた。

(うん、あなたは愛されてるよ、全力で愛されてる、拓君に、わたしに、世界に)

ミライの引き裂かれた頬から血が流れて空に舞っている。

その傷口をヤマトがそっと触れた。

「痛かったなぁ、ごめんな、女の子なのに――」

ヤマトのその声があまりに優しくて、ミライは無性に泣きたくなった。我慢していたら顔が歪《ゆが》んだ。口がへの字に曲がる。

(誰かに言われたっけ。「男の子は泣くもんじゃありません」

いつからだろう、その言いつけを守ってきたのは。女の子だったのに――)

せつなさがミライの胸をいっぱいにする。

そんなミライの気持ちに寄り添うように、ヤマトがそっとその唇で塞《ふさ》いだ、ミライの唇を――。

ミライは、ヤマトの腕の中で喘《あえ》ぐようにそっと息を吐く。

ひときわ翼が七色の光を放ち、ふたりは空高く飛びながら口づけをしていた――。

どこからか『声』が届いた。

『アイシ アイサレル ソノ タメニ オマエタチハ ワカレタ。ヒトツカラ。スベテ アイノ アソビ』


――2035年。

博士が山頂から街を見下ろしていた。

一粒の涙が博士の頬を伝い、突き出た腹にぽとりと落ちた。

眼下の黒い海がみるみる蒼《あお》さを取り戻していく。

一滴の真っ青なインクが広がるように、世界に「蒼《あお》」が戻ってくる。

博士は、海に向かって大声で叫んだ。

「おかえり、海。ただいま、私」

最後の翼「ミライとヤマト」

――2036年。

ミライとヤマトは、博士の古びた山小屋の前から眼下に広がる街を見下ろしていた。ここは、海の汚染のない、ポールシフトの起こらなかった世界。

遠くに見える海は蒼《あお》く、キラキラと太陽の光を反射して輝いている。山は、ムッとした強い生命力の匂いをさせて、青々とした木々を繁らせている。暖かな陽光に、花々は我先にと蕾《つぼみ》を膨《ふく》らませ始めていた。

鳥の囀《さえず》りは賑《にぎ》やかで、時折、遠くから車のエンジン音が響いてくる。平和な日々の暮らしを刻むように。

「行っちゃったね、博士」

ミライは、ふっと寂しい息を吐きながら、山小屋を振り返った。三人で作戦会議をした日々が瞼《まぶた》の裏に蘇《よみがえ》り、懐かしさに涙が零《こぼ》れそうになる。

今日、博士は自分の役目は終わったと言ってヨーロッパに旅立った。人口増加に向けてどう対策をとるかの、長年の研究が認められ、ドイツの大学から教授として招聘《しょうへい》されたのだ。

残念ながら、新しいこの世界でも、トンプソン一族は世界を牛耳っている。いつまた水の汚染が始まってもおかしくはない。しかし、博士のような問題意識を持つ人たちがいる限り、何かが変わっていくはずだ。バタフライ効果のように。

「マイケル・ファーストと同じ研究で認められるなんて奇遇だねぇ。これから私は、まーイケる」

博士は最後までオヤジギャグを言い続けた。それはふたりとの別れを耐えるためだと気づいたミライとヤマトは、あえて笑って博士を見送った。

博士が教授をつとめることになったドイツの大学は、博士の前世ミヒャエルが勤めていた場所で、壮大な命の流れの意図を感じずにはいられなかった。

「四月から医学部に行くことにした」

ヤマトがミライを振り返って力強い声で告げた。

ミライは大きく頷《うなず》いた。

「お父さんの後《あと》を継いでお医者さまになるのね」

「ん……正確には違うかな。医者になるけど、病院の後《あと》を継ぐかどうかはわからない。俺が目指すのは精神科だから」

「あ……！　それって、もしかして……」

ミライは瞳を輝かせてヤマトを見つめる。

「ああ。虹の翼を持ってたり特殊な事情で、そうではないのに、精神病と診断されることのないように何かできたらと思って」

「いいね！　凄《すご》くいい！」

ヤマトは、ミライが跳ねるように身体全体で称賛するのを面白そうにマジマジと見た。

「え？　どうかした？　なんか顔についてる？」

ミライは両手で顔をゴシゴシ拭いた。

「違うよ。ほんと、女の子だなって思ってさ」

「え……」

ミライの頬が恥ずかしさに、ぱーっと紅く色づいた。ヤマトが、そのミライの手を取ると、歩き出しながらぼそっと言った。

「女の子で良かった——」

「え……？」

「男子のお前も好きだけど」

そう言いながらヤマトがミライの頭を引き寄せた。

ミライは内心アタフタした。ヤマトが、自分を女性として扱うたび、どう反応したらよいのかわからなくて動揺する。

でも……と、ミライは思った。

（それでいいのだろう。動揺して、みっともなくて。

女性としてまだまだ自信もなくて。

それでも、それでいい。それがいい。

それがありのままのわたしなら、それでいいのだ）

「お前はこれからどうするか決めたのか？」

ヤマトも博士も、ミライがこれからどう生きていくか心配している。虹の戦士の役目を終えた今。

青い海は戻ったが、この世界に、さくらはいなかった。そして、ミライを産んでくれた母も。そうしてヤマトの弟、拓も戻ることはなかった。

でも、それでいいのだ、とミライは微塵《みじん》の残念さもなく思う。

寂しさも、ひとりぼっちの孤独も、ある。

（それでも……）

博士が言ったことがある。

「食べ物と感情は、地球にしか存在しないんだよ」

この地球《ほし》は味わいかうエンターテインメントランドなのかもしれない。

そう思ったとき、ミライの脳裏に、はるか遠くのどこかの星から地球を見下ろす自分やヤマトや博士、トワ、ケントのイメージが湧いた。虹の翼をキラキラさせて、誰かが言った。

「あの星、青くて綺麗《きれい》……」

「みんな泣いたり笑ったりしてる……！」

「楽しそう！」

「感情を味わうってどんな気持ちなんだろう⁉」

「体験したーい！」

一斉に虹の翼を羽ばたかせて、地球に向かって飛び立った。

楽しい空想だった。

ミライは、ミライが滑らないよう心を砕《くだ》いて手を引いてくれるヤマトの横顔を見つめた。

さくらはいない。母もいない。博士も行ってしまった。

その寂しさを抱きしめる。

感じる。

だから、このつないだ手のぬくもりが、どれだけあたたかいか知るのだ。

凍《こご》えた夜に、飲むスープのように。

人は、そのことを体験したくて、自分が誰であるかを忘れているのかもしれない——。

「ゆっくり探していくよ。自分がやりたいことは何か」

「そっか」

「うん。ありのままの自分を受け入れて、もっともっと自分を好きになったら、自然にわかってくる気がするの。わたしが何者なのか、本当は何をしにここに来たのか」

「ああ」

「ただ、生きる目的は『幸せでいるだけ』って気はしてるんだけど」

「イエッサ。それ以上にたいせつなことはない」

ミライとヤマトは、右手で拳固をつくってゴツンと合わせた。

分かれ道が来ていた。

もうそこに壁はない。

「じゃあな」

「またね」

ふたりは微笑みをかわすと、別々の道を歩いていった。

ミライの行く手には、いつにも増して、海が蒼《あお》く、まるで宝石のように輝いている。

ミライは、右上腕部の痛みが消えているのを改めて確認するように、大きく回した。

痛みがある人生と、ない人生。

壁で隔てられていた社会と、ない社会。

海が黒く汚れた世界と、青い世界。

どちらがいいかと言われれば、それは問題がなく平和なほうがいいに決まっている。

だけど、もしも右上腕部の痛みがなかったら……。

壁がなかったとしたら……。

海が青いままだったとしたら……。

博士とも……そしてヤマトとも出逢うことはなかったかもしれない。

時空を超えて、トワやケントや卑弥呼に会うこともなかっただろう。

心通わせる人との出逢いや学びが、この生からのかけがえのない宝だとしたら、どんな出来事もそれで良かったのだと思える。

どんな状況でも、受け取るギフトはいつも差し出されているのだ。

そんなことを考えながら、ミライは去っていくヤマトの背を振り返る。

ヤマトが山に近づくにつれ、木々がヤマトを迎えているようにサワサワと揺れた。

「あ……！」ミライは心に浮かんだ『考え』に驚いて声をあげた。

『木の智慧《ちえ》』を持ってやってきたヤマト。彼は、もしかしたら『山』の神さまに遣わされたのかもしれない……。

そして『水の智慧』を持ってきたミライは『海』の遣い？

「山」も「海」も、それだけでは機能できない。山に降った雨が川になり、海になる。そして海から蒸発した水は雲になり、雨を降らせる。その『水』の循環の中で、生きとし生けるものは、生存できるのだ。そして、それは人間も同じだ。

『循環』し『つながり』が力をくれる。

ヤマトがひとりでは翼を失ったままだったように。

ミライがひとりでは空を飛べなかったように。

そこにいる誰かの存在が力をくれる。

水と同じように、愛が『循環』して、わたしたちは生きている――。

『アイシ　アイサレル　ソノ　タメニ　オマエタチハ　ワカレタ。ヒトツカラ。スベテ　アイノ　アソビ』

この前、空から降って来た『声』が蘇《よみがえ》った。

「愛し愛されるために――」

そのために生きている。
そう思ったら、ミライは、目に見えるすべてが愛しくてたまらなくなった。
きっと、そこここにあるものは、全てが大いなる命の流れからのメッセージなのだ。
問題は愛の枯渇《こかつ》から起こる。
それさえも、「愛のレッスン」に違いない。
自分を愛するために。
そして、目の前のその人を愛するために。
愛の循環が起こるとき、世界はその意味を明らかにする——。

ミライは大きく空に向かってジャンプした。
そのミライの背から、虹の翼が忽然《こつぜん》と消えている。
もう今のミライに、虹の翼は必要がない。
七色の翼と同じくらいパワフルな魔法を手に入れたのだ。
この惑星《ほし》で遊ぶ唯一の魔法——。
ミライの心は、大空を飛んでいるように軽やかだった。

完

文庫版特典「『虹の翼のミライ』もうひとつの結末」

以下は、単行本未収録の文庫版特典「『虹の翼のミライ』もうひとつの結末」です。

その時。

地上でも、あちらこちらで、虹の翼が大きく広がるのが見えた。

隠れていた、自分でさえ翼を持っていることを忘れていた人たちが思い出したのだ。

自分が誰であるかを。

空を飛んでいるミライとヤマトは、地上で花が開いていくように、虹の翼が大きく広がっていくのを眺めていた。

学校や病院や老人ホームや刑務所やありとあらゆるところで、虹の翼が広がった。

驚いたことに、エンパイア・ステート・ビルの下で車椅子に乗って見上げるマイケルの背でも虹の翼が大きく広がっていた。

「どうなってるの……これ……!?」

ミライの中で何かがスパークした。

そして一気に「わかった」。

この人生で何が起こっていたのか。

「スベテアイノアソビ」

この人生はすべて大いなる自分、『存在』の遊びなのだ。

ミライに届いた「声」の始まりの場所。

人は、それを「神」と呼ぶ者もいる。

大いなる自分、神が「ひとつ」であるならば、体験できないことをするために、たくさんの「からだ」を創った、それが人間。

愛を知るために、魂を分けた。それがソウルメイト。

そして、私たち「神」の一部は、自分が好きなシナリオを演じている。

虹の翼を持って生まれて迫害される人生。

弟を殺してしまったと苦悩する人生。

自分の意志を捨ててアイドルになる人生。

集団になじめずイジメを受ける人生。

過去生でのやり残しをするために一生を孤独な研究に捧《ささ》げる人生。

家族を犠牲にして世のために生きたことを後悔し悪魔に心を売る人生。

いろいろな人生がある。

どれひとつとして、同じ人生はない。

そのどれもが大いなるものの愛の表現。

神の一部である私たちは、高い視点を持つときに自分でこの人生のシナリオを書き、それを生きている。

だから「こころが現実を創る」というのだ。

自分が体験したい「前提通り」の人生を生きている。

正義のために闘う戦士も悪者も、そのシナリオの登場人物として深いところでの同意のもとにあらわれている。

すべての出来事は、そのことを「体験する」ために、起こしている。

だからもしも、そのシナリオが嫌になったら、「前提」をかえて「シナリオ」を書き換《か》えればいいだけだ。

好きなシナリオにいつでも書き換えられる。

そして、そのチカラを誰もが持っている。

この世に生を受ける目的はただひとつ「ヨロコビ」のため。

体験のため。

愛を知るため。

ただそれだけ――。

肉体を持たない大いなる存在が、肉体を持つ時だけにできる遊びを私たち人間にさせているのだ。

博士が言ったことがある。
この地球《ほし》上にしか食べ物と感情はない。
この地球は感情を味わうエンターテインメントランドだ。
さまざまな感情を味わいたくて、自らシナリオを書き演じている、それが「生」だ。
だったらすべて味わいつくそう。
喜びも哀しみも恐怖も不安も、美味《おい》しいものと同じように味わおう。
そう思った時、ミライの腹から笑いが込み上げた。
あははは！
はははは！
からからと楽しい笑い声が空にあがる。
笑いが伝染する。
そして気づきも電波で広がる。
ヤマトも笑い始めた。
虹の戦士たちが一斉に笑い始めた。
虹の戦士の誰かが叫んだ。
「自作自演！」
この世は自作自演の束の間の夢。

美しい夢を見よう。

夢だと気づいた目覚めた意識で夢を生きよう。

ミライはヤマトと空中で舞いながらこころいっぱい叫んでいた。

——2035年。

山頂から博士が街を見下ろしていた。

その目に何が——、どんな風景が見えているのか——。

一粒の涙が博士の頬を伝い、突き出た腹にぽとんと落ちた。

コント「世界の終わり」の幕が下りた。

完

本書は、二〇一七年三月にサンマーク出版より刊行された単行本を加筆修正のうえ、文庫化したものです。

虹《にじ》の翼《つばさ》のミライ

旺季志《おうきし》ずか

令和元年 10月25日　初版発行
令和７年　4月15日　７版発行

発行者●山下直久

発行●株式会社KADOKAWA
〒102-8177　東京都千代田区富士見2-13-3
電話　0570-002-301（ナビダイヤル）

角川文庫 21842

印刷所●株式会社KADOKAWA
製本所●株式会社KADOKAWA

表紙画●和田三造

ISBN 978-4-04-108307-9　C0193

角川文庫発刊に際して

角川源義

第二次世界大戦の敗北は、軍事力の敗北であった以上に、私たちの若い文化力の敗退であった。私たちの文化が戦争に対して如何に無力であり、単なるあだ花に過ぎなかったかを、私たちは身を以て体験し痛感した。西洋近代文化の摂取にとって、明治以後八十年の歳月は決して短かすぎたとは言えない。にもかかわらず、近代文化の伝統を確立し、自由な批判と柔軟な良識に富む文化層として自らを形成することに私たちは失敗して来た。そしてこれは、各層への文化の普及滲透を任務とする出版人の責任でもあった。

一九四五年以来、私たちは再び振出しに戻り、第一歩から踏み出すことを余儀なくされた。これは大きな不幸ではあるが、反面、これまでの混沌・未熟・歪曲の中にあった我が国の文化に秩序と確たる基礎を齎らすためには絶好の機会でもある。角川書店は、このような祖国の文化的危機にあたり、微力をも顧みず再建の礎石たるべき抱負と決意とをもって出発したが、ここに創立以来の念願を果すべく角川文庫を発刊する。これまで刊行されたあらゆる全集叢書文庫類の長所と短所とを検討し、古今東西の不朽の典籍を、良心的編集のもとに、廉価に、そして書架にふさわしい美本として、多くのひとびとに提供しようとする。しかし私たちは徒らに百科全書的な知識のジレッタントを作ることを目的とせず、あくまで祖国の文化に秩序と再建への道を示し、この文庫を角川書店の栄ある事業として、今後永久に継続発展せしめ、学芸と教養との殿堂として大成せんことを期したい。多くの読書子の愛情ある忠言と支持とによって、この希望と抱負とを完遂せしめられんことを願う。

一九四九年五月三日

角川文庫ベストセラー

空の中

有川　浩

200X年、謎の航空機事故が相次ぎ、メーカーの担当者と生き残ったパイロットは調査のため高空へ飛ぶ。そこで彼らが出逢ったのは……？　全ての本読みが心躍らせる超弩級エンタテインメント。

海の底

有川　浩

四月。桜祭りでわく米軍横須賀基地を赤い巨大な甲殻類が襲った！　次々と人が食われる中、潜水艦へ逃げ込んだ自衛官と少年少女の運命は!?　ジャンルの垣根を飛び越えたスーパーエンタテインメント！

塩の街

有川　浩

「世界とか、救ってみたくない？」。塩が世界を埋め尽くす塩害の時代。崩壊寸前の東京で暮らす男と少女に、そそのかすように囁く者が運命をもたらす。有川浩デビュー作にして、不朽の名作。

クジラの彼

有川　浩

『浮上したら漁火がきれいだったので送ります』。それが2ヶ月ぶりのメールだった。彼女が出会った彼は潜水艦（クジラ）乗り。ふたりの恋の前には、いつも大きな海が横たわる——制服ラブコメ短編集。

図書館戦争

図書館戦争シリーズ①

有川　浩

2019年。公序良俗を乱し人権を侵害する表現を取り締まる『メディア良化法』の成立から30年。日本はメディア良化委員会と図書隊が抗争を繰り広げていた。笠原郁は、図書特殊部隊に配属されるが……。

角川文庫ベストセラー

図書館内乱
図書館戦争シリーズ②
有川浩

両親に防衛員勤務と言い出せない笠原郁に、不意の手紙が届く。田舎から両親がやってくる!? 防衛員とバレれば図書隊を辞めさせられる!! かくして図書隊による、必死の両親攪乱作戦が始まった!?

図書館危機
図書館戦争シリーズ③
有川浩

思いもよらぬ形で憧れの〝王子様〟の正体を知ってしまった郁は完全にぎこちない態度。そんな中、ある人気俳優のインタビューが、図書隊そして世間を巻き込む大問題に発展してしまう!?

図書館革命
図書館戦争シリーズ④
有川浩

正化33年12月14日、図書隊を創設した稲嶺が勇退。図書隊は新しい時代に突入する。年始、原子力発電所を襲った国際テロ。それが図書隊史上最大の作戦（ザ・ロンゲスト・デイ）の始まりだった。シリーズ完結巻。

別冊図書館戦争Ⅰ
図書館戦争シリーズ⑤
有川浩

晴れて彼氏彼女の関係となった堂上と郁。しかし、その不器用さと経験値の低さが邪魔をして、キスから先になかなか進めない。純粋培養純情乙女・茨城県産26歳、笠原郁の悩める恋はどこへ行く!? 番外編第1弾。

別冊図書館戦争Ⅱ
図書館戦争シリーズ⑥
有川浩

〝タイムマシンがあったらいつに戻りたい?〟 図書隊副隊長緒形は、静かに答えた──「大学生の頃かな」。平凡な大学生だった緒形はなぜ、図書隊に入ったのか。取り戻せない過去が明らかになる番外編第2弾。

角川文庫ベストセラー

泣かない子供　江國香織

子供から少女へ、少女から女へ……時を飛び越えて浮かんでは留まる遠近の記憶、あやふやに揺れる季節の中でも変わらぬ周囲へのまなざし。こだわりの時間を柔らかに、せつなく描いたエッセイ集。

冷静と情熱のあいだ　Ｒｏｓｓｏ　江國香織

2000年5月25日ミラノのドゥオモで再会を約したかつての恋人たち。江國香織、辻仁成が同じ物語をそれぞれ女の視点、男の視点で描く甘く切ない恋愛小説。

泣く大人　江國香織

夫、愛犬、男友達、旅、本にまつわる思い……刻一刻と姿を変える、さざなみのような日々の生活の積み重ねを、簡潔な洗練を重ねた文章で綴る。大人がほっとできるような、上質のエッセイ集。

はだかんぼうたち　江國香織

9歳年下の鯖崎と付き合う桃。母の和枝を急に亡くした、桃の親友の響子。桃がいながらも響子に接近する鯖崎……〝誰かを求める〟思いにあまりに素直な男女たち＝〝はだかんぼうたち〟のたどり着く地とは――。

ドミノ　恩田　陸

一億の契約書を待つ生保会社のオフィス。下剤を盛られた子役の麻里花。推理力を競い合う大学生。別れを画策する青年実業家。昼下がりの東京駅、見知らぬ者同士がすれ違うその一瞬、運命のドミノが倒れてゆく！

角川文庫ベストセラー

角川文庫ベストセラー

無花果《いちじく》とムーン　桜庭一樹

無花果町に住む18歳の少女・月夜。ある日大好きな兄が目の前で死んでしまった。月夜はその後も兄の気配を感じるが、周りは信じない。そんな中、街を訪れた流れ者の少年・密は兄と同じ顔をしていて……!?

GOSICK　—ゴシック—　全9巻　桜庭一樹

20世紀初頭、ヨーロッパの小国ソヴュール。東洋の島国から留学してきた久城一弥と、超頭脳の美少女ヴィクトリカのコンビが不思議な事件に挑む——キュートでダークなミステリ・シリーズ!!

GOSICKs　—ゴシックエス—　全4巻　桜庭一樹

ヨーロッパの小国ソヴュールに留学してきた少年、一弥は新しい環境に馴染めず、孤独な日々を過ごしていたが、ある事件が彼を不思議な少女と結びつける——名探偵コンビの日常を描く外伝シリーズ。

静かな黄昏の国　篠田節子

国も命もゆっくりと確実に朽ちていく中、葉月夫妻が終のすみかとして選んだのは死さえも漂白し無機質化する不気味な施設だった……原発社会のその後を描く戦慄の書、緊急復刊!

純愛小説　篠田節子

純愛小説で出世した女性編集者を待ち受ける罠と驚愕の結末。慎ましく生きてきた女性が、人生の終わりに出会った唯ひとつの恋など、大人にしかわからない恋の輝きを、ビタースイートに描く。

角川文庫ベストセラー

美神解体　篠田節子

整形美容で新しい顔を手に入れた麗子。だが彼女を待っていたのは、以前にもまして哀しみと虚しさに満たされた日々……ねじれ、病んでいく愛のかたちに目をこらし、直木賞作家が哀切と共に描いた恋愛小説。

夏の災厄　篠田節子

郊外の町にある日ミクロの災いは舞い降りた。熱に浮かされ痙攣を起こしながら倒れていく人々。後手にまわる行政の対応。パンデミックが蔓延する現代社会に早くから警鐘を鳴らしていた戦慄のパニックミステリ。

ナラタージュ　島本理生

お願いだから、私を壊して。ごまかすこともそらすこともできない、鮮烈な痛みに満ちた20歳の恋。もうこの恋から逃れることはできない。早熟の天才作家、若き日の絶唱というべき恋愛文学の最高作。

一千一秒の日々　島本理生

仲良しのまま破局してしまった真琴と哲、メタボな針谷にちょっかいを出す美少女の一紗、誰にも言えない思いを抱きしめる瑛子――。不器用な彼らの、愛おしいラブストーリー集。

クローバー　島本理生

強引で女子力全開の華子と人生流され気味の理系男子・冬治。双子の前にめげない求愛者と微妙にズレてる才女が現れた！　でこぼこ4人の賑やかな恋と日常。キュートで切ない青春恋愛小説。

角川文庫ベストセラー

波打ち際の蛍　島本理生

DVで心の傷を負い、カウンセリングに通っていた麻由は、蛍に出逢い心惹かれていく。彼を想う気持ちと不安。相反する気持ちを抱えながら、麻由は痛みを越えて足を踏み出す。切実な祈りと光に満ちた恋愛小説。

ルンルンを買って おうちに帰ろう　林　真理子

モテたいやせたい結婚したい。いつの時代にも変わらない女の欲、そしてヒガミ、ネタミ、ソネミ。口には出せない女の本音を代弁し、読み始めたら止まらないと大絶賛を浴びた、抱腹絶倒のデビューエッセイ集。

葡萄が目にしみる　林　真理子

葡萄づくりの町。地方の進学校。自転車の車輪を軋ませて、乃里子は青春の門をくぐる。淡い想いと葛藤、目にしみる四季の移ろいを背景に、素朴で多感な少女の軌跡を鮮やかに描き上げた感動の長編。

食べるたびに、 哀しくって…　林　真理子

色あざやかな駄菓子への憧れ。初恋の巻き寿司。心を砕いた高校時代のお弁当。学生食堂のカツ丼。移り変わる時代相を織りこんで、食べ物が点在する心象風景をリリカルに描いた、青春グラフィティ。

次に行く国、 次にする恋　林　真理子

買物めあてのパリで弾みの恋。迷っていた結婚に決着をつけたNY。留学先のロンドンで苦い失恋。恋愛の似合う世界の都市で生まれた危うい恋など、心わきたつ様々な恋愛。贅沢なオリジナル文庫。

角川文庫ベストセラー

角川文庫ベストセラー

男と女とのことは、何があっても不思議はない　林　真理子

「女のさようならは、命がけで言う。それは新しい自分を発見するための意地である」。恋愛、別れ、仕事、ファッション、ダイエット。林真理子作品に刻まれた宝石のような言葉を厳選、フレーズセレクション。

変奏曲　姫野カオルコ

血の絆で結ばれた洋子と高志。異なる性の双子が貪る、耽美な禁断のエロティシズム。それは、洋子の婚礼が近づくにつれ、哀しく顕在化していった。幽玄世界へと誘う現代のロマネスク文学。

バカさゆえ…。　姫野カオルコ

「会いたかったわ、ラリー。すごく会いたかったわ」「Mmm……この、この、このやろめ」(「奥様はマジよ」)今なお心に残るあの人たちの知られざる私生活を描く、シュールな短編小説集。

喪失記　姫野カオルコ

カトリック神父のもとで育ったイラストレーター・理津子の前に、本能のままに生きる男・大西が現れた。精神と肉体の変化、個人と社会の関わりを残酷なまでに孤独な女性を通して描ききった力作長編。

不倫《レンタル》　姫野カオルコ

売れないエロ小説家、力石理気子。美人なのに独身で、しかも未だ処女の彼女が、ひたすら「セックスをしてくれる男」を捜し求めて奮闘する、生々しくもおかしい、スーパー恋愛小説。

角川文庫ベストセラー

終業式　姫野カオルコ

きらめいていた高校時代。卒業してもなお、あの頃のことはいつも記憶の底に眠っていた――。同級生の男女4人が織りなす青春の日々。「あの頃」からの20年間を全編書簡で綴った波乱万丈の物語。

ツ、イ、ラ、ク　姫野カオルコ

森本隼子。地方の小さな町で彼に出逢った。ただ、出逢っただけだった。雨の日の、小さな事件が起きるまでは――。渾身の思いを込めて恋の極みを描ききった、最強の恋愛文学。恋とは「堕ちる」もの。

桃　もうひとつのツ、イ、ラ、ク　姫野カオルコ

許されぬ恋。背徳の純粋。誰もが目を背け、傷ついた――。胸に潜む遠い日の痛み。『ツ、イ、ラ、ク』のあの出来事を6人の男女はどう見つめ、どんな時間を歩んできたのか。表題作「桃」を含む6編を収録。

風のささやき　介護する人への13の話　姫野カオルコ

動けないし、しゃべれないし、もう私のことはわからないのだけれど……日本のどこかで暮らすごく普通の人がもらしたささやき。ひとりで泣くこともある、あなたに贈る、13人の胸のうちを綴った掌編小説集。

ロマンス小説の七日間　三浦しをん

海外ロマンス小説の翻訳を生業とするあかりは、現実にはさえない彼氏と半同棲中の27歳。そんな中ヒストリカル・ロマンス小説の翻訳を引き受ける。最初は内容と現実とのギャップにめまいものだったが……。

角川文庫ベストセラー

月魚　三浦しをん

『無窮堂』は古書業界では名の知れた老舗。その三代目に当たる真志喜と「せどり屋」と呼ばれるやくざ者の父を持つ太一は幼い頃から兄弟のように育つ。ある夏の午後に起きた事件が二人の関係を変えてしまう。

白いへび眠る島　三浦しをん

高校生の悟史が夏休みに帰省した拝島は、今も古い因習が残る。十三年ぶりの大祭でにぎわう島である噂が起こる。【あれ】が出たと……悟史は幼なじみの光市と噂の真相を探るが、やがて意外な展開に！

パイナップルの彼方　山本文緒

堅い会社勤めでひとり暮らし、居心地のいい生活を送っていた深文。凪いだ空気が、一人の新人女性の登場でゆっくりと波を立て始めた。深文の思いはハワイに暮らす月子のもとへと飛ぶが。心に染み通る長編小説。

ブルーもしくはブルー　山本文緒

派手で男性経験豊富な蒼子A、地味な蒼子B。互いにそっくりな二人はある日、入れ替わることを決意した。誰もが夢見る〈もうひとつの人生〉の苦悩と歓びを描いた切なくいとしいファンタジー。

きっと君は泣く　山本文緒

美しく生まれた女は怖いものなし、何でも思い通りのはずだった。しかし祖母はボケ、父は倒産、職場でも心の歯車が嚙み合わなくなっていく。美人も泣きをみることに気づいた椿。本当に美しい心は何かを問う。

角川文庫ベストセラー

ブラック・ティー　山本文緒

結婚して子どももいるはずだった。皆と同じように生きてきたつもりだった、なのにどこで歯車が狂ったのか。賢くもなく善良でもない、心に問題を抱えた寂しがりたちが、懸命に生きるさまを綴った短篇集。

絶対泣かない　山本文緒

あなたの夢はなんですか。仕事に満足してますか、誇りを持っていますか？　専業主婦から看護婦、秘書、エステティシャン。自立と夢を追い求める15の職業の女たちの心の闘いを描いた、元気の出る小説集。

哀しい予感　吉本ばなな

いくつもの啓示を受けるようにして古い一軒家に来た弥生。そこでひっそりと暮らすおば、音楽教師ゆきの。彼女の弾くピアノを聴いたとき、弥生19歳、初夏の物語は始まった。

N・P　吉本ばなな

アメリカに暮らし、48歳で自殺した高瀬皿男の97本の短編集「N・P」。未収録の98話目を訳していた風美の恋人・庄司も自ら命を絶つ。激しい愛が生んだ奇跡を描く傑作長編。

キッチン　吉本ばなな

唯一の肉親であった祖母を亡くし、祖母と仲の良かった雄一とその母（実は父親）の家に同居することになったみかげ。日々の暮らしの中、何気ない二人の優しさに彼女は孤独な心を和ませていくのだが……。